FSC
www.fsc.org
MIX
Papier aus verantwortungsvollen Quellen
FSC® C020056

ISBN 978-3-649-62924-5


Hafenweg 30, 48155 Münster, Germany
Grafische Gestaltung: Stefanie Bartsch
Redaktion: Nina Sträter
Illustrationen: shutterstock.com


www.coppenrath.de

Gitta Edelmann & Regine Kölpin

# Vom Winter verweht

Eine heitere Liebesgeschichte
in 24 Kapiteln

# INHALTSVERZEICHNIS

*Für den Liebenden*
*ist auch im Winter Frühling.*

*Sprichwort*

# 1

Carl schlug den Mantelkragen hoch, als er vor die Tür trat. Was für ein usseliges Wetter! Unwillkürlich musste er grinsen. „Usselig“, das war auch so ein Wort, das bei vielen seiner Kommilitonen nur verdutzte Blicke hervorrief. Aber es drückte genau aus, was er sagen wollte: nieselig, grau, kalt und ungemütlich. Außerdem begann es bereits zu dunkeln. Wie dumm, dass ihm das Brot ausgegangen war, aber immerhin lag der Bäcker gleich um die Ecke. Carl zog seine Studentenmütze noch ein wenig tiefer in die Stirn und eilte dann die Stufen hinunter, die die Haustür vom Vorgarten trennten. Der sah jetzt im Winter ziemlich erbärmlich aus. Hoffentlich schneite es, bevor Lisbeth zu Besuch kam, sie würde sich sonst am Ende bemüßigt fühlen, dem Gestrüpp ihre gärtnerischen Fähigkeiten angedeihen zu lassen. Und das konnte in ihrem Zustand nicht gut sein. Carl lief durch das schmiedeeiserne Tor, das wie meistens offen stand, und bog nach links ab. Ein Pferdefuhrwerk kam ihm entgegen, es hatte Kohlensäcke geladen und ein paar vorwitzige Jungen machten sich einen Spaß daraus, dem Karren nachzulaufen. Einer von ihnen versuchte sogar, mit dem Messer einen der Säcke aufzuschneiden. Plötzlich drehte sich der Kohlenhändler um und drohte mit seiner Peitsche. Lachend und johlend rannten die Kinder davon.

Beim Bäcker war die Auswahl an Brot um diese Tageszeit dürftig. Der halbe Laib, den Carl erstand, war ziemlich dunkel gebacken, er würde die teils schwarze Kruste wahrscheinlich abschneiden müssen. Er klemmte sich das in Papier eingeschlagene Brot unter den linken Arm und trat wieder hinaus in den Nieselregen. Auf der gegenüberliegenden Straßenseite schien eine Tanne spazieren zu gehen. Carl blinzelte und sah genauer hin. Nein, er hatte sich nicht geirrt. Der mannsgroße Baum bewegte sich tatsächlich an den Vorgärten entlang und schwankte dabei bedenklich. Jetzt fiel er vornüber auf den Boden und gab den Blick auf die Frau frei, die ihn geschleppt hatte. Sie trug einen blauen Mantel und auf ihrem blonden Haar einen schwarzen Hut mit einer großen Schleife. Carl zögerte keinen Moment, die Straße zu überqueren und ihr beizustehen. „Kann ich Ihnen behilflich sein, mein Fräulein?“, fragte er und zog grüßend die Mütze. Sie war jung. Und hübsch war sie auch. Ihre helle Haut wurde durch einen kleinen roten Kratzer auf ihrer gerundeten Wange noch betont und die Augen, die ihn überrascht anblickten, waren von strahlendem Blau. Carls ritterliches Gefühl verstärkte sich.

„Jo … hm … Es ist wirklich etwas anstrengend …“ Die junge Dame räusperte sich.

„Ich sehe schon“, sagte Carl und griff nach dem Baum. Der war allerdings schwerer, als er erwartet hatte, und er musste mit beiden Händen zugreifen, um ihn nicht sofort wieder fallen zu lassen. Dabei rutschte das Brot unter seinem Arm hervor. Doch die junge Frau fing es auf, bevor es auf der nassen Straße landete. Sie lächelte. „Wenn Sie meinen Baum tragen, soll ich dann Ihr Brot nehmen?“

Carl lächelte zurück. „Einverstanden. Nun, dann zeigen Sie mir mal den Weg.“

Er schulterte die Tanne und sie setzten sich schweigend in Bewegung. Als Carl noch überlegte, wie er das Gespräch wieder in Gang bringen könnte, sagte die junge Dame schon: „Wir sind da.“ Carl stellte den Baum ab und wandte sich ihr zu. „Hier wohnen Sie?“ Sie nickte.

„Dann überrascht es mich, dass wir uns noch nie begegnet sind. Ich wohne ja praktisch gegenüber. Carl Wingert", stellte er sich vor und zog noch einmal seine Mütze.

„Rosa van der Bloom", erwiderte sie mit einem freundlichen Kopfnicken und fügte hinzu: „Ich bin noch nicht lange in Bonn."

„Sehr erfreut."

Sie schien ein wenig unschlüssig zu sein, was sie noch sagen sollte, und er kam ihr zuvor. „Ist es nicht noch etwas früh für einen Weihnachtsbaum?", fragte er. „Es ist doch noch ein Weilchen hin."

Sie hob die Schultern. „Na ja, ich habe ihn geschenkt bekommen. Und so lange ist es bis Weihnachten nun auch nicht mehr."

„Ah, dann müssen wir sehen, dass er gleich an die richtige Stelle kommt. Darf ich Ihnen den Baum noch ins Haus tragen?"

„Schaffen Sie es bis ins dritte Obergeschoss?"

„Selbstverständlich, Fräulein van der Bloom. Gehen Sie voran?" Mit Schwung hob er den Baum wieder auf und folgte ihr in den mit Mosaik gefliesten und stuckgeschmückten Hausflur. Ihr Vater schien wohlhabend zu sein, wenn er der Familie in der Bonner Südstadt eines der neuen Häuser gekauft hatte. Aber warum hatte er den Auftrag, den Baum in die dritte Etage zu tragen? Würde man den Weihnachtsbaum nicht im Wohnzimmer im Hochparterre aufstellen? Während die ersten Treppen noch breit und das hölzerne Geländer mit Schnitzwerk verziert gewesen waren, wurde der oberste Aufgang deutlich schmaler und schmuckloser.

„Ich wohne hier gleich rechts in der ersten Mansarde", erklärte Rosa van der Bloom und schloss die Tür auf. Das war nun ein wenig peinlich. Gut, dass er seine Gedanken vorhin nicht laut geäußert hatte. War sie etwa nur ein Dienstmädchen? Nein, ihre Kleidung und auch ihr Auftreten sprachen dagegen. Sie hatte gewiss eine gute Erziehung genossen. Vielleicht eine arme Verwandte, die der Dame des Hauses als Gesellschafterin zur Seite stand? Ein bisschen außer Atem folgte er ihr in die Mansarde und sah sich um.

„Stellen Sie den Baum doch bitte einfach dort neben den Schrank. Ich muss erst noch einen Christbaumständer besorgen."

Carl folgte ihrer Anweisung, dann sah er sich um. Trotz der schlichten Möbel wirkte die Mansarde behaglich und der kleine Ofen strahlte noch einen Rest Wärme aus. Zwei leicht verblichene Sessel und ein rundes Tischchen standen in einer Ecke, daneben eine schwere Kommode, auf der ein Spitzendeckchen lag. Eine bunte gehäkelte Tagesdecke war über das Bett gebreitet. Schnell wandte Carl seine Augen ab und drehte sich zu Rosa um. Die hatte inzwischen ihren Hut auf der Kommode abgelegt und strich sich ihr blondes Haar glatt, das sich ein wenig aus der Frisur gelöst hatte.

„Vielen Dank", sagte sie und lächelte. „Das war sehr entgegenkommend von Ihnen. Wie kann ich mich erkenntlich zeigen?"

Ihre Lippen waren leicht geöffnet und schienen röter als draußen im Nieselregen. Der Schwung ihrer Oberlippe ... einen Augenblick lang war er versucht, sie um einen Kuss zu bitten. Doch ehe er seinen Wunsch äußern konnte, hatte sie sich schon umgedreht und nahm zwei kleine Gläser aus der obersten Schublade. „Ich würde Ihnen gerne einen Tee anbieten", sagte sie. „Obwohl der hier nicht so richtig schmeckt. Das liegt am Wasser." Sie hielt inne. „Außerdem würde es sicher noch eine Weile dauern, bis der Ofen heiß genug ist, um Wasser zu kochen. Aber vielleicht wärmt Sie dies ein wenig." Sie goss eines der Gläser halb voll mit einer klaren Flüssigkeit, das andere füllte sie ganz. Dann bot sie Carl das volle Glas an. „Genever“, erklärte sie. „Trinkt man bei uns zu Hause. In Ostfriesland.“ Sie prostete ihm zu und nippte an ihrem Glas. Er nahm einen Schluck. Ja, der Genever wärmte wunderbar. „Sie kommen also aus Ostfriesland“, stellte er fest.

Sie nickte. „Und Sie aus Bonn?“

„Köln.“

Sie nickte erneut und trank ihr Glas leer. Höflicherweise leerte er seines ebenfalls. „Ich muss wieder aufbrechen. Es hat mich sehr gefreut, Sie kennenzulernen, Fräulein van der Bloom.“

„Mich auch.“ Sie erwiderte seinen Blick.

Carl räusperte sich. „Nun, dann also auf Wiedersehen.“ Er steuerte auf die offene Mansardentür zu.

„Halt, haben Sie nicht etwas vergessen?“ Carl drehte sich um. Rosa van der Bloom hielt ihm grinsend sein Brot entgegen. Daran hatte er überhaupt nicht mehr gedacht. „Vielen Dank“, sagte er.

„Ich könnte es nicht verantworten, dass Sie meinetwegen hungern müssen“, antwortete sie, als er ihr das Brot abnahm.

„Jetzt haben Sie etwas gut bei mir“, erwiderte er. „Wenn ich Ihnen also wieder einmal helfen kann …“ Sie nickte, schwieg jedoch. So blieb ihm nichts anderes übrig, als tatsächlich zu gehen. Die Tür fiel hinter ihm ins Schloss und er stieg die Treppen hinunter.

„Rosa van der Bloom“, murmelte er. Der Name passte zu ihr. Sie hatte etwas von einer Blume. Die Schönheit, die Zartheit. Und das Beste war, sie wohnte ganz in der Nähe. Und neugierig, wie er war, fragte er sich immer noch, was Rosa als junge Frau ganz allein in dieser Mansardenwohnung machte … Endlich trat er wieder auf die Straße. Es war immer noch usselig draußen, aber das störte ihn nicht mehr.

# 2

Was war denn das gewesen? Ein schmucker junger Mann, der ihr einfach zur Hand ging? „Carl Wingert“, flüsterte Rosa und ließ den Klang wie Schokolade auf ihrer Zunge zergehen.

Sie setzte sich auf einen der Sessel und betrachtete den Weihnachtsbaum in der Ecke, den er eben noch umfasst hatte. Hoffentlich hatte er von der Rinde und den Nadeln keine Verletzungen an den Händen, denn im Gegensatz zu ihr hatte er keine Handschuhe getragen. Carl musste der Mütze nach zu urteilen Student sein. Gesehen hatte Rosa ihn an der Universität aber noch nie.

Vermutlich studierte auch er nur des Studierens wegen und trieb sich sonst in einer jener Burschenschaften herum, freute sich über einen richtigen Schmiss und war nur gut darin, dem Alkohol zu frönen. Die jungen Männer waren doch alle gleich. Erst recht, wenn sie so gut aussahen wie dieser Carl. Allein die Zwirbelung des Schnurrbarts sprach für seine Eitelkeit. Rosa stand auf und sah aus dem Mansardenfenster.

Hatte Carl nicht erwähnt, er wohne nicht weit entfernt von hier? Gegenüber, ja, gegenüber hatte er gesagt. Rosas Herz klopfte. Sie sollte besser keinen Gedanken mehr an ihn verschwenden, aber dennoch starrte sie weiter aus dem Fenster. Doch außer dem Kohlenhändler, der ein Haus nach dem anderen mit seinem Pferdefuhrwerk anfuhr, war kaum jemand auf der Straße. Zu nass, zu ungemütlich. Schietwetter, wie man in Ostfriesland sagen würde. Wobei Rosa das aus ihrer Heimat nun wirklich gut kannte. Diesen Nebel, der sich über die Landschaft legte wie eine zähe Schicht und vor allem im Herbst nur selten bereit war, den Sonnenstrahlen Platz zu machen. Zu Hause in Pewsum hatte sie das allerdings nie gestört. Zu Hause, das waren die Weite der Marsch, die See! Ein Blick über den Deich und für Rosa war die Welt wieder in Ordnung. Dennoch hatte sie sich am Rhein besseres Wetter erhofft. Vielleicht war es im Sommer anders, das hatte ihre Freundin Hermine jedenfalls behauptet.

Rosa schrak zusammen. Hermine, ach herrje! Sie war gleich noch mit der jungen Ärztin, die sie aus Pewsum kannte, verabredet und musste sich rasch zurechtmachen. Zusammen würden sie ein Konzert in der Schlosskirche besuchen. Antonín Dvořáks gefeierte 9. Sinfonie. Aus der Neuen Welt. Wie passend in dieser – ihrer – neuen Welt!

Die Begegnung mit Carl und das Heimweh nach Ostfriesland hatten sie die Zeit vertrödeln lassen. Doch Hermine wollte sie weiß Gott nicht verärgern. Durch sie hatte Rosa den Weg zum Medizinstudium gefunden, mit ihrer Hilfe auch die möblierte Mansarde beziehen können. Rosa schmunzelte, während sie sich zu ihrer Waschschüssel begab. Hermine Edenhuizen war der dickköpfigste Mensch, den sie kannte. Aber ohne diese Gabe hätte sie es wohl kaum geschafft, die erste deutsche Frauenärztin zu werden. Gynäkologin zu sein, das war auch Rosas Traum. Ob Carl Wingert Studentinnen mochte?, fuhr es Rosa durch den Kopf. „Ob er das gut findet, kann dir ziemlich egal sein, Rosa van der Bloom", schalt sie sich. Warum musste sie schon wieder an ihn denken? Sie hatte nun wirklich keine Zeit für eine Liebschaft.

Rosa wusch sich das Gesicht. Sie musste sich beeilen und sollte aufhören, unnützen Gedanken nachzuhängen. Das war doch sonst nicht ihre Art!

Als sie sich abtrocknete, entdeckte sie im Spiegel den roten Kratzer im Gesicht. „Harrijasses nee“, entfuhr es ihr. „Zum Düvel, das muss die Tanne gewesen sein!“ Sie tastete über den kleinen Kratzer. Hoffentlich hatte Carl das nicht gesehen, das sah ja aus, als wäre sie furchtbar ungeschickt. „Das ist völlig gleichgültig“, antwortete sie sich selbst. „Du willst studieren, was interessiert dich de Keerl! So einer findet nur sich und seine Freunde gut.“

Alle Männer wollten zwar eine Frau, aber bitte keine, die denken konnte. Und schon gar keine, die studierte, und erst recht keine, die danach auch noch in ihrem Beruf arbeiten wollte. Sie zupfte sich das Haar zurecht, das sich wie immer widerspenstig zeigte. Es war fast ein Ding der Unmöglichkeit, sich anständig zu frisieren.

Rosa streckte ihrem Spiegelbild die Zunge heraus. „Und selbst wenn dieser Carl Wingert zu den wenigen Männern gehören sollte, die all das nicht störte, dann hättet ihr trotzdem keinerlei Gemeinsamkeiten. Er kommt aus der Großstadt Köln und du, Rosa van der Bloom, du kommst aus der tiefsten ostfriesischen Provinz! Und wenn er dich trotzdem interessant fände, müsste er ganz schön große Hindernisse überwinden. Du kannst ihm da kein bisschen entgegenkommen, schließlich hast du ja nicht all die Jahre für dein Studium gekämpft, um es für einen Mann wieder aufzugeben.“

Rosa versuchte, den Hut so festzustecken, dass er nicht bei der ersten Windböe verrutschen würde. Ein Blick auf die Uhr sagte ihr, dass sie sich jetzt aber wirklich beeilen musste. Hermine hasste Unpünktlichkeit und zu spät in ein Konzert zu kommen, gehörte sich einfach nicht.

Rosa überlegte kurz und entschloss sich, das Fahrrad zu nehmen. Sie hatte das Rad von ihrem Vater geschenkt bekommen, als sie nach Bonn gegangen war. Er glaubte, dass es ihr nicht nur mehr Mobilität, sondern auch Sicherheit geben würde.

„Mit dem Rad, mien Deern, bist du schneller weg, wenn dir einer an den Rock will", waren seine Worte.

Rosa hatte zwar noch niemanden kennengelernt, der einer Ostfriesin mit Pausbacken an den Rock wollte, aber das Rad hatte sie dennoch gern angenommen. So war sie schnell an der Universität und auch beim Einkaufen leistete es ihr gute Dienste. Sie schloss die Tür ab und stieg die Treppen hinunter.

Sie liebte ihren Vater. Er war tolerant, er hatte ihre Ambitionen, zu studieren, immer sehr unterstützt, während ihre Mutter, die das Backen, Kochen und das Pflanzen der Blumen als ihre Lebensaufgabe sah, nie verstanden hatte, warum Rosa unbedingt etwas lernen und dafür in die weite Welt hinausgehen musste. Und dann auch noch ausgerechnet an den Rhein, wo man den Leuten doch nachsagte, wie unglaublich froh gelaunt und oberflächlich sie waren.

Radfahren war auch keine Tätigkeit, die ihre Mutter für eine junge Dame aus gutem Hause als schicklich empfand. Für sie wäre es das größte Glück gewesen, ihre kleine Rosa im Garten inmitten der bunten Blumen zu sehen, ganz so, wie ihr Name es doch versprochen hatte. Wie dem auch sei, Vater hatte sich mit allem durchgesetzt. Aber er war weit weg und sie würde das nahende Weihnachtsfest nicht mit ihren Eltern verbringen können.

Rosa war zu Heiligabend bei Hermine eingeladen. Zwei Frauen allein zu Weihnachten. Warum sie die Tanne als Geschenk dennoch angenommen hatte, wusste sie auch nicht. Wenn der Baum später mit Strohsternen und kleinen Talglichtern, die sie wie zu Hause in halbe Walnussschalen füllen würde, geschmückt in ihrer Mansarde stand, würde sie ihn doch nur wehmütig betrachten.

Die junge Studentin riss sich von diesen bedrückenden Gedanken los. War es wirklich eine gute Entscheidung, mit dem Rad durch die Dunkelheit zu fahren? Aber ja, dann war sie nach dem Konzert auch fix wieder zu Hause.

Sie ging in den Keller, den sie sonst am Abend lieber mied, denn der feuchte, modrige Geruch war im Dunkeln wenig vertrauenerweckend. Glücklicherweise gab es direkte Treppen und eine Tür von der Straße zum Keller, sodass sie das Fahrrad nicht durch das ganze Haus tragen musste. Diese benutzte sie nun und wuchtete das Rad die gewundenen Stufen hinauf. Dabei blieb sie mehrmals mit ihrem Rock in den Speichen hängen. Sie würde gleich höllisch achtgeben müssen, damit sie sich beim Fahren nicht verhedderte. Dafür hatte Rosa ihre ganz eigene Technik entwickelt und umklammerte den Stoff ihres Rockes mit den Händen am Lenker. Dabei gab sie zwar einen Blick auf ihre Beine frei, den so mancher als unschicklich empfand, aber sie lief nicht Gefahr, mit ihren Röcken in Kette oder Speichen zu geraten. Und jetzt am Abend sah sie schließlich sowieso niemand. Wenigstens wusste Rosa, was sie sich zu Weihnachten von ihrem Vater wünschte: ein paar sogenannte „Bloomers“, weite Pumphosen zum Radfahren.

Draußen war es mittlerweile stockdunkel. Und merklich abgekühlt. Rosa fröstelte und lehnte das Fahrrad an der Straßenlaterne vor dem Haus an, um die Kellertür zu schließen, als sie die Bescherung sah. Ihr Rock war beim Hochschleppen mit der Kette in Berührung gekommen. „Wat taun Düvel …“, fluchte sie, kam aber nicht weit, denn auf der anderen Straßenseite öffnete sich eine Haustür. Carl Wingert.

Er sah zu ihr herüber und am liebsten wäre Rosa im Erdboden oder besser noch in den Tiefen der Nordsee verschwunden. Was sollte Carl nur von ihr denken? Erst dieser blöde Tannenbaum, den sie wie eine Arbeiterin durch die Straßen manövriert hatte, dann der unansehnliche Kratzer! Und nun zu allem Überfluss auch noch ein Rock, der am Saum lauter schwarze Streifen aufwies. „Und du bist nicht nur am Saum schwarz, Rosa van der Bloom“, grummelte sie, als sie ihre Finger betrachtete. Sie hätte das Fahrrad nach der letzten Benutzung säubern sollen, nun aber klebte am Rahmen der Dreck der Bonner Innenstadt und verteilte sich außerdem auf ihren Händen und auf dem Mantel.

„Ach, Fräulein van der Bloom“, grüßte Carl, der plötzlich neben ihr stand. Ein spöttisches Lächeln überzog sein Gesicht. „Eine Frau mit Fahrrad?“

„Ist sicherer, sagt mein Vater“, verteidigte sich Rosa. Sie strich sich eine Haarsträhne aus dem Gesicht.

Carl grinste. „Und die moderne Frau trägt Streifen.“

Rosa stellte sich aufrecht hin. Dann war sie eben schmutzig! Dann fuhr sie eben Fahrrad! Was ging das diesen Carl an? „Ich würde gerne losfahren. Meine Freundin wartet.“

Carl trat einen Schritt beiseite. „Gute Fahrt, mein Fräulein. Und passen Sie auf, dass der Winterwind Sie nicht verweht, wenn Sie so schnell durch die Stadt radeln.“

„Das lassen Sie mal meine Sorge sein“, konterte Rosa. „Laat man lopen!“

Carl neigte fragend den Kopf.

„Lass mal laufen, das ist schon gut so!“ Rosa fuhr lachend davon. Sie würde sich vor keinem Mann der Welt rechtfertigen, das war mal sicher!

# 3

Carl sah Rosa van der Bloom nach, bis sie um die Ecke gebogen war. Sie fuhr also Fahrrad. Er war sich nicht ganz sicher, was er davon halten sollte. Sein Vater hätte jetzt von „Unmoral" gesprochen, aber Carl musste vor sich selbst zugeben, dass ihm der Anblick eines weiblichen Gesäßes auf einem Fahrradsattel nicht unangenehm war. Und Fräulein van der Bloom hatte es ihm zudem ermöglicht, einen Blick auf ihre schwarz bestrumpften Waden zu erhaschen. Er atmete tief durch.

„Ei, Calli, was machst du denn da drüben?", tönte die kräftige Stimme seines Freundes Adam herüber. „Wir wollten doch in die Kaiserhalle – die liegt in der anderen Richtung."

Carl überquerte eilig die Straße. „Hab noch jemanden getroffen", erklärte er.

„Ist sie hübsch?", erkundigte sich Adam grinsend.

„Woher weißt du …?"

„Ich kenne diesen Blick. Da steckt doch eigentlich immer ein Frauenzimmer dahinter. Also, sprich!"

„Es gibt nicht viel zu erzählen. Ich war heute Nachmittag einer jungen Dame behilflich und habe sie eben noch einmal gesehen."

„Aha."

„Nichts aha." Carl verspürte wenig Lust, seine neue Bekanntschaft mit Rosa van der Bloom von Adam durch den Kakao ziehen zu lassen, wie der es gerne tat. So schritt er aus und wechselte schnell das Thema, indem er sich nach Adams neuem Professor erkundigte.

„Ach, der scheint sehr fähig zu sein und untermalt alles mit Beispielen. Die letzte Vorlesung über das Strafrecht verging wie im Flug. Schade, dass du dich nicht auch der Jurisprudenz verschrieben hast."

Carl schüttelte den Kopf. „Nichts für mich", sagte er. Ja, seinem Vater, dem ehrwürdigen Richter Wingert, hätte es gefallen, wenn er ihm nachgeeifert hätte. Doch Carl hatte nach der Reifeprüfung nur seine Musik im Kopf gehabt. Erst nach längeren Streitigkeiten hatte er sich Vaters Wunsch gebeugt, dann „wenigstens Medizin" zu studieren. Immerhin war es Carl gelungen, der direkten Fuchtel zu entkommen, aus Köln wegzuziehen und das Studium an der Universität Bonn aufzunehmen. Dabei hatte nicht nur der hervorragende Ruf der medizinischen Fakultät eine Rolle gespielt, sondern auch das unschlagbare Argument, dass der preußische Kronprinz ebenfalls in Bonn studiert hatte.

„Was ist los mit dir?", fragte Adam und schlug Carl kräftig auf die Schulter. „Woran denkst du?"

Carl zuckte zusammen. „An meinen Vater."

„Oh." Adam verstummte und sie gingen eine Weile schweigend nebeneinander her.

„Ist schon gut", sagte Carl schließlich. „Ich habe nur gerade daran gedacht, dass ich in diesem Semester bisher noch kein einziges Mal an einer Vorlesung teilgenommen habe."

„Du hattest ja auch genug damit zu tun, den Nachlass deines Vaters zu regeln. Den Stoff holst du schnell wieder auf. Jetzt lass uns erst mal was trinken!"

„Ja, ich sollte begießen, dass ich ab morgen ernsthaft weiterstudiere!"

Carl lachte und Adam stimmte ein.

„Glaubst du, wenn der Heinrich einlädt, bist du morgen früh tatsächlich dazu fähig?", fragte er und klopfte Carl erneut auf die Schulter. „Freund, du bist ein Optimist!"

*

Carl kniff die Augen zusammen, es war viel zu hell hier drinnen. Wenn er wenigstens die Vorhänge zugezogen hätte, als er in der Nacht nach Hause gekommen war! Vorsichtig warf er einen Blick auf die Taschenuhr auf seinem Nachttisch. Oh nein! Wenn er einigermaßen rechtzeitig zur Vorlesung kommen wollte, musste er jetzt aufstehen, auch wenn es in seinem Kopf unangenehm pochte. Das war allerdings nicht ganz einfach und so dauerte es ein Weilchen, bis Carl gewaschen und angezogen in der Küche erschien. Frau Käthe, die Haushälterin des Verbindungshauses, in dem er seit dem Sommer wohnte, warf ihm einen kurzen Blick zu und goss ihm eine Tasse Kaffee ein.

„Rührei?", fragte sie skeptisch.

Vorsichtig schüttelte Carl den Kopf und nahm einen Schluck von dem schwarzen Gebräu. „Keine Zeit", murmelte er. „Ich muss zur Vorlesung."

Frau Käthe zog die Brauen hoch, enthielt sich jedoch eines Kommentars. Anhand der vier schmutzigen Tassen neben dem Spülstein konnte Carl sehen, dass seine Mitbewohner bereits alle aus dem Haus gegangen sein mussten. Verdammt, dabei hatte Adam einiges mehr getrunken als er.

Carl leerte die Kaffeetasse und stellte sie auf dem Tisch ab. Mit einem leisen „Danke" an Frau Käthe verließ er die Küche und wickelte sich in Mantel und Schal, bevor er seine Studentenmütze aufsetzte. Bis zur Theaterstraße zu laufen, dauerte eine knappe halbe Stunde, zur Straßenbahnhaltestelle Weberstraße war es zwar nicht weit, aber um in die Nähe der medizinischen Fakultät zu kommen, musste er in der Innenstadt umsteigen, das war also kaum schneller. Und ein bisschen kalte frische Luft würde ihm guttun.

Tatsächlich fühlte er sich deutlich besser, als er schließlich in die Theaterstraße einbog. Ja, er freute sich nun sogar auf die Anatomie-Vorlesung. Auch wenn es nie sein Traum gewesen war, Arzt zu werden, so war ihm das Studium nicht unangenehm. Anderen zu helfen, sie zu heilen – das war eine schöne Vorstellung.

Ein Fahrrad überholte ihn. Eine Frau saß darauf, ihr langer roter Schal wehte im Fahrtwind. In der letzten Zeit waren Radfahrerinnen zu einem immer häufigeren Anblick in der Stadt geworden, obwohl das Wetter heute nicht gerade gut zum Radeln geeignet war. In der Nacht hatte es tatsächlich zum ersten Mal gefroren, sodass die Straßen an einigen Stellen bestimmt noch glatte Stellen aufwiesen.

Die junge Dame schien das anders zu sehen. Schwungvoll fuhr sie einen Bogen, bremste und stellte das Rad unter einem der Bäume vor dem Eingang des Universitätsgebäudes ab. Sie strich ihre Röcke glatt und nahm den Riemen der Aktentasche von der Schulter. Dann blieb sie jedoch bewegungslos stehen. Inzwischen war Carl so nahe an sie herangekommen, dass er sich nicht zurückhalten konnte, sie anzusprechen.

„Kann ich Ihnen helfen, mein Fräulein? Suchen Sie vielleicht etwas?"

Die junge Frau drehte sich um. „Oh, Herr Wingert!“, rief sie.

„Fräulein van der Bloom! Was machen Sie denn hier? Haben Sie sich verlaufen?“

Rosa van der Bloom runzelte die Stirn. „Wie kommen Sie auf die Idee?“

„Nun, es ist noch keine Besuchszeit in der Klinik, heute Vormittag ist hier nur Universitätsbetrieb. Vorlesungen, Seminare …“, versuchte er zu erklären.

„Ich weiß“, antwortete Rosa van der Bloom irritiert. „Genau deswegen bin ich ja hier. Ich will in die Anatomie-Vorlesung, die gleich anfängt. Schließlich studiere ich Medizin.“

4

Im Hörsaal spürte Rosa Carls Blicke förmlich in ihrem Rücken. Sie rieb sich die Schultern. Es war draußen arg abgekühlt und auch hier drinnen war es kalt. Den Studenten rings um sie herum schien das nicht viel auszumachen, aber sie fror, was sicher auch dem neuen Kostüm geschuldet war, das sie sich in der letzten Woche hatte schneidern lassen. Sie liebte diese Mode mit dem weiten, schwingenden Rock, der hoch oben unter der Brust schloss. Dazu trug sie eine Bluse mit blauer Samtweste. Das sah zwar flott aus, nur wärmte es leider ihre Arme nicht.

Der Professor betrat den Hörsaal und sofort verstummten die Studenten. Nur hin und wieder war ein leichtes Tuscheln zu hören. Er brauchte nichts zu sagen, allein sein Auftreten flößte jedem hier Respekt ein. In der Hand hielt er eine zusammengerollte Zeitung, seine gerunzelten Brauen verrieten nichts Gutes. Er schlug mit der Zeitung auf den Tisch und musterte die Studentenschaft. Sein Blick blieb an Rosa hängen, der augenblicklich die Hitze ins Gesicht schoss und sie völlig vergessen ließ, wie kalt ihr eben noch gewesen war. Was hatte der lange Augenkontakt zu bedeuten? Bislang war sie von Seiten dieses Professors von Repressalien verschont geblieben. Nicht alle Dozenten waren studierenden Frauen gegenüber so tolerant und ließen sie an ihren Vorlesungen teilnehmen. Wirklich schlimm war es in Bonn allerdings nie gewesen. Das war an anderen Universitäten anders. Auch das war ein Grund dafür, warum sie sich für ein Studium in dieser Stadt entschieden hatte.

„Was habe ich hier in der Hand?“, dröhnte nun die Stimme des Professors.

Aus der Ecke hinter Rosa ertönte ein verhaltenes Kichern. „Das ist unsere Bierzeitung. Wusste gar nicht, dass die Elite sich dazu herablässt, das zu lesen.“ Der scharfe Blick des Professors ließ den Studenten verstummen.

Rosa klopfte das Herz noch immer bis zum Hals. Sie hatte von diesem Blatt gehört. Die Studenten nannten es „Klinicissimus“ und die studierenden Damen kamen darin oft nicht gut weg.

Der Professor fixierte die Studentenschaft noch immer, klemmte dann sein Monokel ins rechte Auge. „Ich wollte heute über das Herz sprechen, meine Herren, meine Dame. Dennoch komme ich nicht umhin, diese Unerhörtheit kundzutun. Unerhört, weil sich so etwas nicht schickt!“ Er faltete die Zeitung auseinander und hielt sie in Richtung Hörsaal.

Die Karikatur zeigte eine weibliche Studentin in weißem Kleid mit herausgestrecktem rundlichem Hinterteil, die gerade etwas in einem Becken abwusch. Hinter ihr standen ein Arzt und ein Student mit hochgekrempelten Ärmeln. Letzterer wirkte, als wäre er zu allem bereit. Ein paar von Rosas Kommilitonen schienen die Karikatur zu kennen und lachten laut los. „Ist eben so, wenn Weiber studieren und sich anmaßen, Ärztin werden zu wollen. Frauen sollen nicht denken, sondern Kinder kriegen.“

„Ruhe!“, polterte der Professor.

„Kann ja nicht gut gehen! Ein Medizinstudium ist Männersache.“ Das war eindeutig Carls Stimme! Rosa biss sich vor Wut auf die Lippen.

„Nun, ein paar von euch sind offenbar im Bilde, was den Inhalt angeht“, sagte der Professor. Er räusperte sich und las den Text unter der Karikatur vor: *„Aber meine Herren, Sie werden doch wohl*

*Ihren Leichtsinn nicht so weit treiben, einen Dammschutz zu versuchen, ohne ihn vorher geübt zu haben.*"

Ein Grölen ging durch den Hörsaal, das aber jäh verstummte, als Rosa aufstand. Sie rückte ihren Hut zurecht, bevor sie sagte: „Sie können den Dammschutz bestimmt wunderbar üben, meine Herren, denn Übung macht den Meister. Wie wäre es zum Beispiel an einer Kuh …?" Sie sah sich um und schaute in entsetzte Gesichter. „Wat mutt, dat mutt!", setzte sie nach, bevor sie wieder Platz nahm. Rosa war sich nicht schlüssig, was genau der Professor an der Karikatur unerhört fand: die Tatsache, dass der Text so zweideutig und daher unschicklich war, oder den Umstand, dass man einer Frau absprach, Medizin studieren zu können.

Der Professor warf die Bierzeitung in den Papierkorb. „Damit wäre alles gesagt." Er lächelte Rosa an. „Kommen wir zum Herzen."

Rosa hörte Carl Wingert wieder lachen und mit seinem Freund tuscheln. Dann begann er zu rezitieren: „Wie soll ich meine Seele halten, dass sie nicht an deine rührt. Wie soll ich sie …"

Der Professor fuhr herum. „Wingert, es ist gut. Ich nehme zur Kenntnis, dass Sie Rilkes Liebeslied zitieren können, aber die Liebe hat mit dem Herzen, mit dem wir uns nun beschäftigen, so gar nichts zu tun. Wir sind nicht bei einer Vorlesung über Lyrik, sondern in der Anatomie."

„Er wollte doch nur zeigen, was eine Frau unter ‚Herz' versteht!" Der Student neben Carl Wingert stand auf, legte die Hand theatralisch auf die linke Brust und trommelte darauf herum. „Wir müssen unser Niveau schließlich anpassen, wenn wir Lebewesen mit Hut und Samtweste zulassen sollen."

„Wat fürn Klookschieter", stieß Rosa lauter aus als gedacht und schlug sich die Hand vor den Mund. Warum verfiel sie, wenn sie so richtig sauer war, immer wieder in ihre Muttersprache?

„Bitte?" Der Professor sah sie fragend an.

„Ein paar meiner Kommilitonen sind wahre Besserwisser und ihnen fehlt die Ernsthaftigkeit", verbesserte sich Rosa.

Sie sah sich um und verweilte mit ihrem Blick kurz bei Carl Wingert, der seine Augen niederschlug. Sie schaute den Professor wieder an. „Ich würde jetzt gern hören, was Sie uns zur Anatomie des Herzens zu sagen haben. Ich bin schließlich hier, um zu studieren. Und nicht nur, um auszuprobieren, wie viel Alkohol eine junge Leber aushält." Carl Wingerts Fahne war ihr vorhin nicht entgangen.

„Sehr gute Idee, Fräulein van der Bloom. Beginnen wir mit dem Puls: Der Puls ist der Anschlag der vom Herzschlag durch das Gefäßsystem getriebenen Blutwelle an den Gefäßwänden …"

*

Rosa war froh, als sie aus dem kalten und dennoch stickigen Hörsaal wieder herauskam. Hoffentlich wiederholten sich solche Vorfälle nicht. Es war schwer genug, dass sie meist als einzige Frau in den Vorlesungen saß, und es war noch schlimmer, wenn sie dann auch noch zum Gespött gemacht wurde. Ein Blick auf die Uhr sagte ihr, dass noch Zeit war, ehe die nächste Vorlesung begann. Der Wind war aufgefrischt. Rosa glaubte, den Winter zu riechen. Sie lächelte. Das hatte sie zu Hause auch einmal behauptet und der ganze Ort hatte sich über sie lustig gemacht.

Rosa, die Blume von Pewsum, kann den Winter riechen. Eine Zeit lang war sie dann „Winterblume“ gerufen worden. Sie musste höllisch aufpassen, nicht wieder in eine solche Falle zu tappen. Neben ihr raschelte etwas. Rosa fuhr herum und sah Carl Wingert in die Augen. Er rieb sich die Oberarme.

„Ist ganz schön kalt geworden. Man kann den Winter schon riechen.“

„Man kann den Winter was?“, hakte sie nach.

„Na, den Winter riechen.“

Rosa stutzte kurz. Damit hatte sie nun überhaupt nicht gerechnet. Dennoch hatte sie seinen Angriff in der Vorlesung noch nicht vergessen. „Ich rieche nur, dass Sie dem Alkohol gestern ein wenig zu stark zugesprochen haben, Herr Wingert. Es wird gleich Zeit für die Vorlesung über Lebererkrankungen. Ich glaube, da werden Sie heute großen Erfolg haben. Es würde gewiss Eindruck schinden, wenn Sie sich als Anschauungsobjekt zur Verfügung stellten.“

„Ihnen hat mein Gedicht von Rilke wohl nicht gefallen“, erwiderte Carl.

„Das Gedicht schon. Aber ganz sicher nicht der Zeitpunkt.“ Sie lächelte Carl an. Jedem anderen Studenten hätte sie jetzt gehörig den Marsch geblasen, aber bei Carl gelang es ihr nicht, wirklich böse zu sein.

# 5

„Du hast aber schnell Freundschaft mit unserem Blaustrumpf geschlossen“, sagte Heinrich grinsend, als sie auf die Ausgangstür zustrebten.

„Wie?“ Carl hörte nur halb hin, er hatte Rosa van der Bloom aus den Augen verloren, weil sie sofort nach der letzten Vorlesung den Hörsaal verlassen hatte, und reckte nun den Hals nach ihrem schwarzen Hut mit der blauen Schleife, der in der Gruppe der Studenten vor ihnen aber leider nicht zu sehen war.

„Ich habe gesehen, wie du dich mit der kleinen van der Bloom unterhalten hast“, setzte Heinrich noch einmal an.

„Und?“

„Es sah recht vertraut aus.“

Carl schüttelte irritiert den Kopf. „Natürlich, wir kennen uns ja bereits.“

„Du kennst den Blaustrumpf? Ist nicht wahr! Sag bloß, du nimmst das Studieren jetzt so ernst, dass Gelehrsamkeit dir wichtiger ist als Weiblichkeit?“

„Sie ist eine Nachbarin und ich war ihr gestern kurz behilflich“, erklärte Carl, „und ich kann nicht finden, dass sie unweiblich aussieht.“

„Na ja, aussehen vielleicht nicht“, räumte Heinrich ein, „aber so wie sie sich benimmt … hast doch vorhin selbst gesehen, wie vorlaut sie ist.“

Carl trat auf die Straße.

„Dennoch – den Blaustrumpf, von dem du schon ein paarmal erzählt hast, hatte ich mir anders vorgestellt“, erklärte er und blickte hinüber zu dem Baum, unter dem Rosa heute Morgen ihr Fahrrad abgestellt hatte. Es war fort.

„Ach, lass uns nicht mehr über die Weiber reden." Heinrich machte eine wegwerfende Geste mit der Hand. „Ich habe Hunger. Kommst du mit? Im *Zehrgarten* gibt's heute Sauerbraten als Mittagsgericht."

Carl verzog das Gesicht vor Widerwillen. „Wie kannst du Essen überhaupt in Betracht ziehen? Und dann noch Pferdefleisch. Ich habe nach dem gestrigen Abend kein bisschen Appetit!"

Heinrich lachte. „Du trinkst zu selten! In einer anderen Verbindung hätten sie dich schon rausgeschmissen, weil du kaum einmal so richtig mitfeierst."

Carl zuckte mit den Achseln.

„Nun gut, dann widme dich eben deinem Wolfgang Amadeus." Heinrich schlug ihm zum Abschied auf die Schulter und eilte in Richtung Marktplatz davon, bevor Carl ihn aufklären konnte, dass die Klaviersonate, die er derzeit einstudierte, nicht von Mozart, sondern von Beethoven war.

*

Am Klavier verging die Zeit immer wie im Flug. Ach, wenn er doch Musik hätte studieren dürfen! Natürlich hatte Vater recht gehabt, schon eine kleine Verletzung der Finger konnte eine Pianistenlaufbahn abrupt beenden und ihn in finanzielle Schwierigkeiten stürzen. Aber wer konnte denn wissen, ob er sich je die Finger verletzt hätte? Er seufzte. Nun war es zu spät. Er hatte Vater sein Wort gegeben, die Musik nur als Steckenpferd zu betreiben.

Carl erhob sich und schloss vorsichtig den Klavierdeckel. Vater hatte es sehr begrüßt, dass er einer der vielen Studentenverbindungen beigetreten war. Zum Glück war ihm entgangen, dass es sich bei der Concordia um eine nicht schlagende, musikalische Verbindung handelte, die neben einigen Studentenzimmern auch Übungsräume zur Verfügung stellte.

Carls Magen knurrte plötzlich. Er sah auf die Uhr – fast zwei Stunden hatte er gespielt. Jetzt war es mitten am Nachmittag und bis zu Frau Käthes Abendbrot war es noch eine ganze Weile hin. Zu lange. Wenige Minuten später trat er hinaus auf die Straße, um sich zu dem Kanten Brot, der von seinem Einkauf am Tag des ersten Zusammentreffens mit Rosa van der Bloom noch übrig geblieben war, ein schönes Stück Schinkenwurst zu kaufen. Im Vorübergehen warf er einen Blick auf das Mansardengeschoss des Hauses, in dem sie wohnte. Ob sie jetzt da oben über ihren Büchern saß? Was veranlasste sie dazu, ein solch schwieriges Studium wie Medizin aufzunehmen? Wenn sie Kranke versorgen wollte, konnte sie sich doch auch der Krankenpflege widmen. Dazu ihr mitfühlendes Herz und die zarte Hand …

Die Türglocke bimmelte, als Carl die Tür zur Metzgerei aufschob und die Mütze abnahm. Es war nicht voll, nur zwei Frauen standen vor der Verkaufstheke. Und eine von ihnen war Rosa van der Bloom! Seltsam, dass er ihr früher nie begegnet war und nun ständig auf sie stieß.

Er stellte sich mit etwas Abstand hinter sie und wartete. Die andere Frau bezahlte und Rosa trat nach vorn.

„Ich hätte gerne ein halbes Pfund Speck“, bestellte sie bei der Metzgersfrau.

„Jrün oder jeräuchert – jeschnitten oder am Stück?“

Rosa zögerte.

„Na, Liebelein, wat wollen Se koche?“, fragte die Metzgersfrau gönnerhaft.

„Birnen und Hüdel“, erklärte Rosa van der Bloom.

„Wat?“

„Birnen und Hüdel“, wiederholte Rosa. „Mit Speck!“

„Nie jehört.“ Die Metzgersfrau legte den Kopf schief. „Is dat wie Decke Bunne met Speck? Dann …“ Sie hielt Rosa ein Stück Bauchspeck entgegen.

„Das Gericht kenne ich nicht, aber der Speck passt.“ Rosa nickte heftig, dabei löste sich im Nacken eine blonde Haarsträhne und kam auf ihrem Mantelkragen zu liegen.

Carl gelang es nur mit Mühe, sein Lachen zurückzuhalten. „Hüdel“ – was um alles in der Welt sollte das sein? Grinsend wartete er, bis Rosa bezahlt und den Speck in ihrem Einkaufsnetz verstaut hatte. Dann trat er einen Schritt näher an sie heran, sodass sie, als sie sich zum Gehen umwandte, fast gegen ihn stieß.

Ihr entfuhr ein „Oh“, dann runzelte sie die Brauen. „Herr Wingert!“

„Fräulein van der Bloom!“ Er nickte freundlich und bemühte sich immer noch, nicht zu lachen.

Ihre Wangen waren gerötet und es war ihr sichtlich unangenehm, dass er Zeuge des Gesprächs mit der Metzgersfrau geworden war.

„Wenn Sie dann bitte zur Seite treten würden“, zischte sie.

„Selbstverständlich, Fräulein van der Bloom!“

Er gab ihr den Weg frei, doch als sie die Tür öffnete, um den Laden zu verlassen und das Glöckchen bimmelte, konnte er sich nicht verkneifen, ihr einen Gruß mit auf den Weg zu geben:

„Einen schönen Nachmittag noch und viel Freude an ihren Birnen und Hüdeln und Tüdeln, oder waren es Füdeln?“ Nun prustete er doch los.

Rosa van der Bloom warf ihm einen vernichtenden Blick zu und marschierte hinaus. Die Tür fiel laut ins Schloss.

„Hüdel?“ Die Metzgersfrau schüttelte den Kopf und sah Carl auffordernd an.

„Nie gehört“, erklärte der. „Muss was Ostfriesisches sein. Die junge Dame kommt nämlich nicht von hier, sondern aus Ostfriesland.“

„Aha.“ Die Metzgersfrau nickte, als würde das alles erklären.

„Und isch hätte jerne ein Viertelpfund Schinkenwurst. Jeschnitten, bitte.“

Er grinste immer noch. Eigentlich hatte Rosa so wütend sehr hübsch ausgesehen. Wie ihre blauen Augen gefunkelt hatten! Aber besonders höflich war es nicht von ihm gewesen, wegen eines fremden Wortes zu lachen. Vielleicht sollte er ihr nachlaufen und sich entschuldigen? Schnell zahlte er die Wurst und steckte das Paket in seine Manteltasche. Mit einem kurzen „Tschö!“ verließ er die Metzgerei.

# 6

Rosa schaute zum Himmel. Es war schon wieder kälter geworden und der Wind trieb die Wolken in einem fröhlichen Spiel vor sich her. Sie umfasste die Henkel der Einkaufstasche und ging zu ihrem Fahrrad. Warum nur hatte Carl Wingert ausgerechnet in dem Augenblick hereinkommen müssen, als sie ihren Speck bestellt und den Namen des Gerichtes genannt hatte?

Rosa wollte heute gemeinsam mit Hermine kochen. Einen ostfriesischen Abend gestalten. Mit Teezeremonie, mit Birnen, Hüdel und Speck und zum Abschluss einem Gläschen feinsten Genevers. Sie war extra beizeiten zum Schlachter, ach nein, hier hieß das ja Metzger, gegangen und hatte den Speck besorgt. Alles andere lag schon in der Küche ihrer Vermieterin Frau Schumann, die sie hin und wieder nutzen durfte, parat.

„Ihr kocht ja eigenartige Dinge", hörte sie Carls Stimme hinter sich. Innerlich stieß Rosa einen Fluch aus. Manchmal verwünschte sie ihre ostfriesische Langsamkeit. Es war doch klar gewesen, dass Carl Wingert schon bald aus der Metzgerei kommen würde. Warum hatte sie sich nicht beeilt und war auf und davon gebraust? Ihr fehlte momentan jegliche Lust auf seine lockeren Sprüche.

„Wir kochen, was schmeckt", gab sie zurück und schloss dabei ihr Rad auf. Bloß weg hier. Keine Tüdelei, keinen Klönschnack. Der Mann mochte studierende Frauenzimmer nicht, dann sollte er seine Zeit bitte mit jemand anderem verschwenden.

„Birnen, Hüdel und Speck sollen also schmecken? Könnte es sein, dass Sie besser an einem Kochkurs als an einem Medizinstudiengang teilnehmen sollten?" Carl verzog das Gesicht. Dabei sprühten seine Augen Funken.

„Ich muss dann los. Bekomme gleich noch Besuch. Wir wollen kochen." Rosa gab sich wortkarg und schob das Rad auf die Straße. Warum erzählte sie Carl das alles? Es ging ihn doch einen feuchten Kehricht an, was sie in ihrer Freizeit tat.

„Warten Sie!" Carl stellte sich Rosa in den Weg. Seine Stimme hatte an Schärfe verloren.

„Was ist denn noch, Herr Wingert?" Rosa fror, sie wollte nun wirklich nach Hause. Nicht, dass ihr das Feuer ganz heruntergebrannt war und sie es neu entfachen musste. Bei den mittlerweile eisigen Temperaturen wäre das äußerst unangenehm. Schließlich wollte sie mit Hermine einen wahrlich gemütlichen Abend verbringen. „Herr Wingert, Sie stehlen meine Zeit."

„Bitte, Fräulein van der Bloom, verraten Sie mir doch das Geheimnis Ihres ungewöhnlichen Rezeptes. Wenn ich erst weiß, was Hüdel ist, wird mir das Lachen bestimmt bald vergehen."

Was sabbelt der mich voll?, dachte Rosa. Dann aber riss sie sich zusammen, nicht, dass ihr gleich wieder eine plattdeutsche Redensart über die Lippen floss und er sie noch länger aufhalten würde. Sie lächelte Carl Wingert freundlich an. „Hüdel ist ein Hefekloß, der über kochendem Wasser gegart wird. Man isst ihn bei uns mit gekochten Birnen und Bauchspeck."

„Und das schmeckt?"

„Mir schon", gab Rosa zurück, „und den anderen Ostfriesen auch. Ich weiß ja nicht, was man hier am Rhein als wohlschmeckend empfindet."

„Flönz." Carl Wingert grinste.

„Flönz", wiederholte Rosa. „Was auch immer das sein soll: Ich wünsche guten Appetit!" Sie schwang sich aufs Rad und wollte elegant davonradeln, blieb allerdings mit der Ferse im Saum des weiten Rockes hängen, rutschte deshalb von der Pedale ab und stürzte Carl fast vor die Füße. Fast, weil der blitzschnell reagierte und sie auffing. Ein kleines Paket glitt ihm dabei aus der Manteltasche und fiel mitten in eine Pfütze, deren dünne Eisschicht in viele Teile zersprang, ehe das Päckchen vom Wasser durchtränkt wurde.

„Hoppla, wat soll dat wäde?" Carl grinste breit.

Junge di, der liebt sich sehr in der Rolle des Retters, schoss es Rosa durch den Kopf, als sie in Carl Wingerts strahlende Augen sah. Sie versuchte, sich aus seinem Griff zu befreien, doch als sie den Fuß aufsetzte, durchfuhr sie ein unsagbarer Schmerz. „Autsch!"

„Umgeknickt?", fragte er und hielt sie noch immer fest.

Wären wir verliebt, würde er mich jetzt küssen, dachte Rosa. Wieder versuchte sie, der Situation zu entkommen, doch der Schmerz in ihrem Knöchel hinderte sie daran. Carl Wingert sog die Luft scharf ein, trug Rosa zu einem nahe gelegenen Mäuerchen und setzte sie darauf. Er schob mit einem gezielten Griff den Rock ein Stückchen nach oben und betrachtete ihre Fessel fachmännisch.

„Nun tun Sie mal nicht so, als wären Sie schon Arzt", herrschte Rosa ihn an.

„Die Rose hat Stacheln, das habe ich bereits bemerkt." Carl drehte den Fuß vorsichtig zur Seite, was Rosa zwar ein schmerzverzerrtes Gesicht, aber keinen weiteren Laut entlockte. Das fehlte noch, dass sie vor diesem jungen Mann noch einmal Schwäche zeigte. Ihr Missgeschick eben reichte wahrlich erst mal.

„Bitte, nun ist ja alles in Butter und ich werde mit dem Rad nach Hause fahren. Das da ersetze ich Ihnen." Rosa deutete auf das in der Pfütze liegende Paket. Sie kramte in ihrer Tasche, um etwas Geld herauszusuchen. Carl stand mittlerweile aufrecht neben ihr und beobachtete sie amüsiert.

Mein Hut, dachte Rosa. Meine Frisur! Sie ließ das Suchen nach dem Geld und tastete vorsichtig über ihren Kopf. Rosa brauchte keinen Spiegel, um das Desaster zu erahnen. Frisur ruiniert, der Hut gänzlich verrutscht. Ihr Rocksaum war durch den Sturz aufgerissen. Wie peinlich! Nur ihre Einkaufstasche samt Inhalt hatte keinen Schaden genommen. Verdammt, warum musste sie Carl Wingert ständig so derangiert gegenübertreten?

„Also, ich zahle Ihnen den Verlust und fahre dann mal los", versuchte sie, die Situation irgendwie zu retten.

„Fräulein van der Bloom, ich will Ihnen nicht zu nahe treten, aber so einfach wird das nicht sein."

„So, und warum nicht?"

Carl grinste: „Erstens: Ihr Vorderrad ist verbogen." Er hob das Vorderrad kurz an und drehte es. Das Rad eierte sichtlich und verlor bei der Drehung auch noch drei Speichen.

„Zum Glück habe ich ein Ersatzrad im Keller", sagte sie. Ihr Vater hatte auch an so etwas gedacht.

„Sehr gut, dann kann ich das rasch in Ordnung bringen. Aber zweitens: Ihr Fuß scheint nicht gebrochen, aber doch so verstaucht zu sein, dass Sie den Weg nicht allein bewältigen können."

„Und drittens?", unterbrach sie sein geschwollenes Gerede.

„Drittens, Fräulein van der Bloom, drittens, haben Sie mein Essen ruiniert. Es nützt gar nichts, wenn Sie es ersetzen, denn", er wandte sich zur Metzgerei um, „der Laden hat eben geschlossen. Da ich nur einen trockenen Kanten Brot in meinem Zimmer habe und nicht darben möchte, werden Sie wohl oder übel dafür Sorge tragen müssen, dass ich nicht verhungere."

„Döskopp!", entfuhr es Rosa. „Natürlich werde ich Sie nicht versorgen."

„Doch, wertes Fräulein, das werden Sie tun müssen. Als kleiner Dank dafür, dass ich Sie nun nach Hause tragen werde. Und wenn ich dabei bedenke, dass es ziemlich glatt ist und ich sozusagen mein Leben riskiere und dass ich Ihnen dennoch anbiete, das Fahrrad später zu holen und zu reparieren, dabei die vielen Treppenstufen bis in Ihre Mansarde hinauf nicht berechne, dann bleibt Ihnen wohl nichts anderes übrig. Aber", jetzt grinste er beinahe von einem Ohrläppchen bis zum anderen, „dafür erlasse ich Ihnen die Schulden, die Sie wegen der durchtränkten Schinkenwurst noch bei mir haben."

Rosa biss die Lippen fest zusammen. Während Carl seine Rede schwang, versuchte sie, mit dem verstauchten Fuß aufzutreten. Es war unmöglich. Morgen würde es vielleicht besser sein, jetzt aber blieb ihr keine Wahl, als Carls Angebot anzunehmen.

„Ist gut, Herr Wingert. Dann machen wir das so." Die Worte kosteten Rosa unglaubliche Überwindung.

Carl stellte das Fahrrad an die Mauer und schloss es ab. Dann nahm er Rosa auf den Arm und trug sie durch Bonns Straßen. Hoffentlich sieht mich niemand, dachte Rosa.

„Ich freue mich schon auf Birnen, Hüdel und Speck", sagte Carl.

# 7

Das Fräulein war zwar nicht ganz so leicht, wie er aufgrund ihres zarten Äußeren gedacht hatte, doch Carl genoss das Gefühl, sie in den Armen zu halten, ungemein.

„Meine Freundin kommt nachher“, erklärte Rosa. „Sie ist auch aus Ostfriesland.“

„Studiert sie ebenfalls?“

Rosa schüttelte den Kopf. „Nein, das tut sie nicht.“

Carl stellte fest, dass er langsam außer Atem geriet, aber er verlangsamte seinen Schritt nicht. „Dann sind Sie offenbar nicht nur mit Blaustrümpfen befreundet und es gibt noch Hoffnung!“

„Flegel!“ Rosa hieb ihm mit der Faust gegen die Brust, was Carl lediglich ein amüsiertes Glucksen entlockte.

„Was treibt Ihre Freundin denn, wenn sie nicht gerade Hüdel mit Ihnen verspeist?“, erkundigte er sich.

„Sie praktiziert. Hermine ist Deutschlands erste Frauenärztin.“

Carl blieb abrupt stehen und stellte Rosa wie ein Paket ab. Sie hüpfte auf einem Bein neben ihm hin und her und kam nicht umhin, sich dann doch an seinem Mantel festzuhalten. Carl sah Rosa tief in die Augen. „Sie reden aber nicht von Hermine Edenhuizen, oder?“

„Oh doch, von ihr spreche ich. Sie kommt auch aus Pewsum und ich bin nur ihretwegen in Bonn. Sie sagte, hier kann man auch als Frau gut studieren, was anderswo schwieriger ist.“ Rosa machte eine Pause. „Wahrscheinlich hat sie Sie noch nicht kennengelernt.“

Carl schwieg und nahm Rosa jetzt huckepack. Sie strampelte mit den Beinen, gab dann aber auf, als er seinen Griff verstärkte.

Er brachte sie bis vor die Haustür. „So, wertes Fräulein. Nun schließen Sie auf, ich bringe Sie noch nach oben."

Rosa öffnete wortlos die Tür, ließ sich hochtragen und dann in ihrer Mansarde auf den Sessel setzen.

„Ich verschwinde jetzt." Er verbeugte sich kurz zum Abschied.

„Keine Birne, keinen Hüdel? Nichts mit Speck?" Sie schien überrascht.

Carl schüttelte vehement den Kopf. „Ich hole aber noch Ihr Fahrrad und repariere es."

„Und Ihr Hunger?", hakte Rosa nach. „Schon verflogen?"

„Ich habe eine Verabredung, die ich vorhin vergessen hatte. Und ehrlich gesagt fühle ich mich mit zu viel ostfriesischer weiblicher Gelehrsamkeit überfordert."

Rosa schluckte sichtbar. War sie etwa enttäuscht, dass er nicht bleiben wollte? „Und was ist nun Flönz?", fragte sie plötzlich.

„Blutwurst", antwortete Carl.

„Warten Sie! Blutwurst habe ich nicht, aber eine Dauerwurst. Gegen den größten Hunger." Rosa deutete auf den Schrank. „Oberste Schublade."

Carl nahm die Wurst heraus und betrachtete sie wohlgefällig.

„Als kleines Dankeschön. Fürs Hertragen", erklärte Rosa leise.

Carl lächelte sie an. „Den Hüdel versuche ich ein anderes Mal. Ich muss mich jetzt sputen." Er öffnete die Mansardentür.

„Seien Sie vorsichtig!", rief Rosa ihm nach. „Es könnte glatt sein."

„Ja, der Winter kommt. Man kann ihn riechen, das sagte ich ja schon!"

*

„Calli? Was machst du denn hier im Dunkeln?“ Als Adam das elektrische Licht anknipste, zuckte Carl zusammen und kniff die Augen zu.

„Nichts. Ich habe nur aus dem Fenster gesehen“, behauptete er.

Adam zog die Stirn kraus. „Hier drinnen war nichts zu hören, da dachte ich, du bist fertig und ich könnte jetzt …“

„Selbstverständlich, du kannst den Übungsraum haben“, sagte Carl schnell.

„Dann geh ich noch mal meine Soli vom Weihnachtsoratorium durch“, erklärte Adam. „Oder gibt es draußen was Interessanteres zu sehen?“

„Nein, nein“, versicherte Carl. „Ich hatte nur kurz den Eindruck, äh …, es würde anfangen zu schneien.“

„Und dann hast du so lange auf den Schnee gewartet, dass es darüber ganz dunkel geworden ist.“ Adam lachte.

Carl zuckte mit den Achseln. „Ich habe nachgedacht“, gab er zu. Dass er dabei den Lichtschimmer aus dem Mansardenfenster eines Hauses auf der gegenüberliegenden Straßenseite im Blick gehabt hatte, musste er Adam ja nicht unbedingt sagen.

„Und über was hast du nachgedacht?“

„Über Frauen.“

„Oho!“ Adam grinste, kam zu Carl herüber und klopfte ihm auf die Schulter.

Der schüttelte den Kopf. „Nein, nicht, was du denkst. Frauen, die studieren. Was bringt sie wohl dazu? Das ist doch ziemlich unweiblich.“

„Na, ich weiß nicht, ich finde meine beiden Kommilitoninnen in diesem Semester durchaus eine Bereicherung“, erklärte Adam und zwinkerte. „Sie kommen manchmal auf ganz eigenartige Fragen und regen neue Diskussionen an. Und ansehnlich sind sie auch."

Carl schüttelte den Kopf. „Aber wozu studieren sie? Wenn sie bald sowieso heiraten und Kinder kriegen? Ich denke, es ist besser für eine Frau, sich von vornherein auf ihre spätere Tätigkeit vorzubereiten."

„Und wenn sie dann keiner nimmt? Calli, die Zeiten haben sich geändert. Du willst ja mit deiner Schwester Weihnachten feiern, frag doch die mal, was sie dazu meint."

„Lisbeth? Aber die ist verheiratet und erwartet ein Kind. Sie hat rein gar nichts mit einem Studium zu tun."

„Och, könnte doch trotzdem sein, dass sie etwas dazu zu sagen weiß."

Carl verzog das Gesicht und warf einen letzten Blick aus dem Fenster. Hinter Rosas Mansardenfenster schien ein warmes Licht. Worüber mochten sich die beiden Frauen dort unterhalten? Vielleicht hätte er sich den Hüdel doch nicht entgehen lassen sollen.

„Hast du nichts zu tun?", unterbrach Adam erneut seine Gedanken.

„Doch, doch", versicherte Carl.

„Schade, ich hatte gehofft, du könntest mich am Klavier begleiten. Dann kann ich mich besser auf meine Stimme konzentrieren."

Carl nickte und streckte seine Hand nach den Notenblättern aus, die Adam in der Hand hielt. „Mach ich doch gerne."

„Aber ich will dich nicht vom Studieren abhalten", wandte Adam ein.

„Das Anatomiebuch läuft mir nicht weg." Carl grinste und setzte sich auf den Klavierhocker. Er schlug einen Dreiklang an und Adam begann mit dem Einsingen. Schließlich tönte sein heller Tenor mit den klaren Tönen Johann Sebastian Bachs durchs Haus und Carl spürte, wie die Unruhe, die er in sich gespürt hatte, endlich nachließ.

Erst über zwei Stunden später beendeten sie die improvisierte Probe.

„Noch ein Bierchen zum Abschluss?", schlug Adam vor.

Carl schüttelte den Kopf. „Ich geh ins Bett", sagte er. „Morgen ist schon wieder eine sehr frühe Vorlesung." Und ich will nicht noch einmal einen schlechten Eindruck machen, fügte er in Gedanken dazu. Er gab Adam seine Notenblätter zurück und warf einen letzten Blick aus dem Fenster. In Rosas Mansarde war alles dunkel.

8

Rosa beeilte sich, rechtzeitig in der Kantorei zu sein, wie der Kirchenchor in der Neuen Evangelischen Kirche genannt wurde. Sie hatte lange überlegt, aber vor drei Tagen mit starkem Zuspruch Hermines beschlossen, sich dort zu melden. In Ostfriesland war sie wöchentlich zum Chor gegangen und hatte dort ihre Freundinnen gehabt. Aber noch etwas anderes passierte ihr, wenn sie sang: Danach fühlte sie sich unendlich frei. Hier in Bonn hatte Rosa zunächst geglaubt, dass nichts wichtiger war als ihr Studium, aber schon bald war die Leere gekommen und wenn Rosa ehrlich zu sich selbst war, dann fiel ihr das Lernen schwer, wenn sie sich ausschließlich darauf beschränkte.

„Du musst zwischendurch Kraft tanken, Rosa", hatte Hermine gesagt. „Ich bin ja nach wie vor davon überzeugt, dass uns Ostfriesen eine gewisse Schwermut angeboren ist. Bei dir habe ich stets bewundert, wie strahlend du durchs Leben gehst. Lass dir das nicht nehmen! Wenn du zu deinem Glück die Musik brauchst, dann gib ihr einen festen Platz."

„Aber ich muss doch so viel lernen und zu den Vorlesungen gehen. Das kostet mich Zeit und Kraft!", erwiderte Rosa. Hermine legte die Hand beruhigend auf ihren Unterarm. „Es nützt niemandem etwas, wenn du deine Unbeschwertheit verlierst."

Und so waren sie übereingekommen, dass Rosa sich bei der Kantorei der Neuen Evangelischen Kirche melden würde, die ganz in der Nähe lag. Rosa klopfte das Herz, als sie nun durch die dunkle Südstadt hastete. Glücklicherweise schmerzte ihr Fuß kaum noch. Sie hatte ihn gekühlt und mit einer Spezialsalbe eingerieben, die Wunder bewirkt hatte. Es war bitterkalt geworden und mit einem Mal fielen weiße Flöckchen auf ihren dunklen Mantel. Sie schmolzen nicht gleich, sondern bildeten rasch einen zarten Flaum. Vor drei Tagen, als Carl Wingert Hals über Kopf verschwunden war, hatte es eine kleine Vorhut gegeben, aber nun begann es, wirklich heftig zu schneien.

Rosa hatte Carl seitdem nicht mehr gesehen, nicht einmal an der Universität. Ob er krank geworden war? Es gab nicht wenige Studenten, die von einer schweren Erkältung geplagt wurden. Was geht dich an, was Herr Wingert macht?, schalt Rosa sich in Gedanken. Er hatte ihr zweimal geholfen, mehr nicht. Seine merkwürdige Zurückhaltung und die Bemerkungen, wenn es um studierende Frauen ging, zeigten seine Attitüde. Ein solcher Mann würde im schlimmsten Fall versuchen, sie von ihrem Ziel, Ärztin zu werden, abzubringen.

Rosa stapfte weiter. Wirklich eigenartig, was Carl Wingert in ihr auslöste. „Jetzt aber fix voran, sonst kommst du vor lauter Träumerei noch zu spät!" Sie hob den Kopf und genoss das lautlose Fallen der Schneeflocken, die die Stadt schon in der kurzen Zeit weiß gepudert hatten. Zur Kirche war es nun nicht mehr weit, Rosa bog in die Reuterstraße ein. Dort vorne musste sie auf der rechten Seite liegen. Angesichts der hohen Stadthäuser mit ihren Vorgärten konnte sie das Gebäude jedoch erst sehen, als sie fast angekommen war. Ein wenig zurückgelegen erhob sich die aus hellem Stein gemauerte Kirche, überragt vom angebauten Glockenturm. Auf dem beleuchteten Platz vor der Kirchentür mit dem schmucken Portal standen ein paar Leute, die sich angeregt miteinander unterhielten. Sie sahen Rosa erstaunt an, als sie auf die Gruppe zusteuerte.

„Guten Abend. Ich bin Rosa van der Bloom. Ich habe gestern mit dem Pastor gesprochen. Ich darf heute vorsingen, denn nichts wäre mir lieber, als in der Kantorei dabei zu sein."

„Das ist ja schön", flötete eine der Damen. „Welche Stimme singen Sie denn?"

„Alt."

„Das ist noch schöner, denn damit sind wir für die Bach-Kantate unterbesetzt."

Die Frau mit den dunklen Locken hielt Rosa die Hand hin. Sie war mit ihren blauen Augen und der schmalen Taille außergewöhnlich hübsch. „Ich bin Amelie Freytag. Ich helfe meinem Bruder, dem Kantor, bei der Leitung." Sie warf einen Blick auf den sternlosen Himmel. „Wir gehen besser erst einmal alle hinein! Auch wenn Petrus endlich mit seinem Wetter die Weihnacht einläutet und wir das alle noch ein wenig genießen wollen."

Rosa folgte der Gruppe, froh, in die Kirche gehen zu können, denn drinnen war es erheblich wärmer. Auch wenn sie Handschuhe und Stiefel trug, fühlte es sich an, als wären ihre Hände und Füße mittlerweile eingefroren. Überrascht stellte Rosa fest, dass es in dieser modernen Kirche keine Trennung zwischen Kirchenschiff und Chor gab und dass die geschwungenen Bankreihen alle auf den Altarraum ausgerichtet waren. Von der Decke hing links neben der Kanzel ein mit roten Kerzen und roten Schleifen verzierter Adventskranz herab. Die Damen und Herren begaben sich zum hölzernen Chorgestühl hinter dem Altar.

„Heute ist wohl die Zeit der Neuen." Eine rotwangige, üppig beleibte Frau sprach Rosa an. „Wir bekommen nämlich auch einen neuen Organisten. Kantor Freytag hat sich ja ungeschickterweise den Arm gebrochen. Und das so kurz vor dem Fest!" Sie pustete die Luft lautstark aus. Dabei wippte ihr üppiger Busen.

„Hauptsache, wir haben dennoch jemanden, der uns begleitet, Jutta. Und sollte Fräulein van der Bloom tatsächlich singen können, wird es der Kantorei nicht schaden." Amelie Freytag lächelte Rosa zuversichtlich zu. Die Dicke zuckte mit den Achseln, überzeugt schien sie nicht. „Sie singt dir schon keinen Ton weg." Amelie positionierte Rosa neben Jutta, die sofort ein Stück abrückte.

„Kennen Sie zufällig die Bach-Kantate ‚Nun komm, der Heiden Heiland'?", fragte Amelie.

Rosa nickte. „Die haben wir vor zwei Jahren auch in meiner Heimatgemeinde gesungen."

„Das ist ja wunderbar. Dann können Sie am vierten Advent gleich dabei sein!" Amelie Freytag strahlte und zog eine Stimmgabel aus ihrer Rocktasche. Sie schlug sie an und summte den ersten Ton. Nach den Einsingübungen fühlte Rosa sich merklich sicherer. Zum einen unterschied sich die Kantorei in der Vorgehensweise nicht wesentlich von dem, was sie in Pewsum kennengelernt hatte, zum anderen waren die Stimmen der übrigen Sängerinnen und Sänger ihrer nicht überlegen. Als sie Amelie Freytag anschließend allein vorsang, erhellte sich deren Gesicht zu einem Strahlen. Jutta pustete ihre Backen auf und gab keinen Mucks mehr von sich. Sie hat etwas von diesen Bildern, mit denen man den Wind darstellt, dachte Rosa und kicherte innerlich. Jutta, der alles zerstörende Orkan.

„Das ist ja eine wundervolle Stimme." Die Worte ließen Rosa herumfahren. „Kann man davon mehr hören?"

„Ach, Herr Wingert, Sie sind schon da?", fragte Amelie erfreut.

„Ich wollte mir ein genaueres Bild machen. Es ist ja doch ein Unterschied, ob man nur im Gottesdienst sitzt oder vorne musiziert. Schließlich soll es ein fulminantes Adventskonzert werden und wir wollen uns nicht blamieren, nicht wahr?“

„So ist es. Wir sind sehr froh, dass Sie meinen Bruder so spontan vertreten. Ein solcher Einsatz ehrt uns.“ Amelie schien etwas älter als Rosa zu sein, aber sie errötete wie ein Schulmädchen. Carl Wingert verneigte sich kurz vor ihr. Er genoss ihre Anbetung sichtlich. Rosa biss sich auf die Unterlippe. Schlimm genug, dass Carl hier als der angekündigte Ersatzmusiker aufkreuzte. Es war schon in der kurzen Zeit unübersehbar, wie sehr Amelie an seinen Lippen hing. „Was dir, Rosa, völlig egal ist“, knurrte sie leise. „Ik will keen Malöör!“ Sie beobachtete die beiden dennoch.

Amelie würde bestimmt gut zu Carl passen. Sie war hübsch mit ihrem kessen Blick und den kleinen Grübchen. Außerdem studierte sie nicht, wusste sich zu benehmen, sprach seine Sprache. Und begegnete ihm nicht mit Schmiere im Gesicht und zerfetztem Rock. Fahrrad fuhr sie bestimmt auch nicht.

„Aber genug der schönen Worte, Fräulein Freytag“, sagte Carl eben mit einem unergründlichen Lächeln auf den Lippen, das Rosa zunehmend missfiel. So hatte er sie noch nie angesehen!

„Wem gehört denn nun diese ungewöhnlich warme und tiefgehende Stimme? Ich muss gestehen, sie hat mich verzaubert. Gehe ich recht in der Annahme, dass es die Ihre war?“

Das Lächeln auf Amelies Gesicht erlosch, als habe man eine Kerze ausgeblasen. Aber sie hatte sich schnell wieder im Griff und wies auf Rosa. „Leider nein, Herr Wingert. Ich singe Sopran. Diese Stimme gehört zu unserer neuen Sängerin, Fräulein van der Bloom.“

# 9

Carl trat einen Schritt vor. „Rosa van der Bloom", sagte er nur. „Sie überraschen mich immer wieder."

Rosa zog die Brauen hoch. „Das Kompliment kann ich zurückgeben. Sie hätte ich hier nun wirklich nicht erwartet." Ihre Worte klangen nicht gerade freundlich. Aber das konnte ihm egal sein, er war schließlich nicht hier, um Konversation zu betreiben, sondern um das Harmonium zu spielen, das in der Neuen Evangelischen Kirche als Ersatz für eine Pfeifenorgel genutzt wurde.

„Sie kennen sich?", fragte Amelie Freytag.

„Ja", antwortete Carl.

„Nein", sagte Rosa gleichzeitig. „Zumindest nicht wirklich."

Carl konnte sich ein Grinsen kaum verkneifen. Er hatte durchaus das Gefühl, Rosa zu kennen. Immerhin hatte er sie bereits in den Armen gehalten, als er sie nach ihrem Sturz getragen hatte. Aber gut, sie wollte gewiss nicht, dass das hier jemand erfuhr. Er hoffte für sie, dass sie unbeobachtet geblieben waren, nickte ihr verständnisvoll zu und wandte sich an Amelie Freytag. „Sollen wir beginnen?"

„Ja, bitte. Wir sind bereits eingesungen. Heute muss ich dirigieren, aber bei der Aufführung wird wohl mein Bruder den Platz einnehmen können."

„Dann singen Sie aber doch sicher wieder im Chor mit?"

Ein zartes Rot schien über ihre Wangen zu huschen. „Nein, ich werde das Sopransolo übernehmen."

Die Schwester des Kantors war wirklich ein hübsches Ding und bescheiden noch dazu. Carl lächelte sie an und ging hinüber zum Harmonium. Er setzte sich. „Wo sollen wir beginnen?"

„Ich möchte am liebsten einmal die gesamte Kantate, also ich meine alle Chorpartien, ohne große Unterbrechung durchproben. Aber falls Sie heute noch etwas Zeit haben, würde ich mich freuen, danach das Sopransolo mit Ihrer Begleitung durchzusingen."

„Selbstverständlich, sehr gerne." Carl rückte noch einmal den Hocker zurecht und sah zum Chor hinüber. Dort verteilte eben einer der Herren die letzten Noten. Rosa hatte ihr Heft bereits aufgeschlagen und las konzentriert darin, die Stirn leicht gerunzelt. Schließlich wandte sie den Blick der Dirigentin zu.

Amelie Freytag erhob den Taktstock und gab Carl den Einsatz. Die orgelähnlichen Klänge des Harmoniums füllten den Kirchenraum. Vier Takte, dann setzte der Sopran ein. Gerne hätte Carl die Singenden beobachtet. Es war immer interessant zu sehen, wer nur steif den Mund bewegte und wer sich von der Musik im wahrsten Sinne des Wortes bewegen ließ. Doch er konnte es sich nicht leisten, die Noten aus den Augen zu lassen. Der durch seinen Armbruch doch längerfristig eingeschränkte Kantor Freytag hatte ihn erst vor drei Tagen um Hilfe gebeten und die Kantate alleine zu begleiten, war äußerst anspruchsvoll. Immerhin hatte Carl sich beim Üben recht schnell an das Harmonium gewöhnt. Und das war es wert, in dieser Woche ein paar Vorlesungen verpasst zu haben.

„Könnte ich bitte noch einmal den vorhin verpatzten Bass-Einsatz haben?" Amelie Freytag sah Carl an und wartete, bis er die richtige Stelle in den Noten gefunden hatte. Er nickte ihr zu und sie erhob erneut den Taktstock. Das machte sie gar nicht schlecht. Sie hatte ein gutes Gehör für die Feinheiten und gab für ein junges Fräulein sehr präzise Einsätze. Kurz schüttelte er den Kopf. Im Grunde war also auch sie eine dieser modernen Frauen, die nicht an ihrem angestammten Platz blieben. Wobei Amelie Freytag ja nur ihren Bruder unterstützte, während Rosa …

Unwillkürlich sah Carl nach rechts in den Chor. Das hätte er lieber unterlassen sollen, denn als seine Augen zu den Noten zurückkehrten, landete der Blick an der falschen Stelle und das Harmonium gab Töne von sich, die nicht zum Gesang passen wollten.

Amelie Freytag winkte ab.

„Entschuldigung, mein Fehler“, gab Carl zu. „Wir sollten noch einmal mit dem Bass-Einsatz beginnen.“

*

„Das war wirklich sehr schön, meine Damen und Herren“, bedankte sich Amelie Freytag bei der Kantorei, als die Noten wieder eingesammelt wurden. „Und Herr Wingert hat uns doch wunderbar begleitet, nicht wahr?“

Die Sängerinnen und Sänger begannen zu klatschen und Carl stand auf, um sich zu verbeugen. Mit Genugtuung sah er, dass auch Rosa klatschte. Den einen Fauxpas hatte man ihm wohl vergeben. Erleichtert atmete er tief durch. Es war eine Herausforderung gewesen, so kurzfristig einzuspringen, er war eben doch kein Berufsmusiker. Zwei der Sänger wechselten noch ein paar freundliche Worte mit ihm, die anderen zogen ihre Mäntel an, um sich auf den Heimweg zu machen. Im Augenwinkel sah Carl, wie Rosa bereits ihren langen roten Schal umlegte.

„Und – haben Sie noch kurz Zeit für ‚Öffne dich, mein ganzes Herze‘?“, fragte Amelie, als er zu ihr trat.

Carl zögerte.

„Es werden gewiss noch einige Leute hierbleiben, um zuzuhören. Sie brauchen keine Angst haben, mich zu kompromittieren." Sie schlug kokett ihre Augen nieder.

„Auf Wiedersehen, Fräulein Freytag", grüßte Rosa im Vorübergehen. Sie schien es recht eilig zu haben.

Carl räusperte sich. „Wenn ich ehrlich sein darf …"

„Ja?", hauchte Amelie.

„Ich würde lieber morgen in Ruhe mit Ihnen proben, wenn die anderen Solisten auch hier sind. Heute rufen mich noch meine Lehrbücher. Sie wissen vielleicht, dass ich Medizin studiere?"

Amelie nickte. „Das verstehe ich selbstverständlich. Dann sehen wir uns morgen?"

„Ja. Bis morgen also. Guten Abend, Fräulein Freytag." Er wartete ihre Antwort nicht ab, sondern zog seinen Mantel über und eilte zur Ausgangstür.

*

Es hatte aufgehört zu schneien, doch die weiße Puderschicht war nicht gleich wieder weggetaut. Fußspuren hatten Pfade im Schnee hinterlassen, die im hellen Mondlicht deutlich zu sehen waren. Welche wohl von Rosa stammten? Da vorne war sie, leicht zu erkennen an ihrem Schal. Ihr Fußgelenk schien ihr keine Probleme mehr zu bereiten, denn sie ging so flott, dass sie schon recht weit gekommen war. Das war allerdings angesichts der frostigen Kälte nur zu verständlich. Sollte er Rosa van der Bloom nachlaufen oder würde sie sich erschrecken, wenn plötzlich jemand angerannt käme?

Zögernd folgte Carl ihr. Er wollte ja auch gar nicht mit ihr sprechen. Er wollte nur sicher sein, dass ihr auf dem Heimweg nichts geschah. Als sie in die Argelanderstraße eingebogen war, beschleunigte er sein Tempo. Warum rief er nicht einfach ihren Namen, dann würde sie sich gewiss nicht bedroht fühlen, wenn er sie eingeholt hatte. Er eilte um die Ecke und setzte zum Rufen an, doch Rosa war weder auf dieser noch auf der anderen Straßenseite zu sehen. Konnte sie so schnell gelaufen sein, dass sie bereits in die Ermekeilstraße abgebogen war?

Langsam setzte Carl seinen Heimweg fort. Warm und weich war Rosas Gesang in der Kirche aufgestiegen, er hatte lange keine Stimme mehr gehört, die ihn so faszinierte. Und doch hatte sie sich völlig dem Chorklang untergeordnet. „Nun komm, der Heiden Heiland", begann Carl leise zu singen, „der Jungfrauen Kind erkannt …"

Plötzlich hatte er das Gefühl, dass jemand direkt hinter ihm atmete. Er blieb abrupt stehen und drehte sich um, die Hände geballt. Rosa van der Bloom stieß schwungvoll mit ihm zusammen.

„Sie!", sagte Carl streng.

„Jemand hat mich verfolgt!", erwiderte Rosa und schob das Kinn nach vorn. „Ich musste mich hinter dem Eckhaus verstecken, bis ich erkannt habe, dass Sie das waren."

„Und dann haben Sie *mich* verfolgt!" Carl lachte auf.

Rosa zuckte mit den Schultern. „Wir haben schließlich denselben Weg. Ich finde es angenehmer, im Dunkeln nicht alleine durch die Straßen zu laufen. Sie nicht?"

„Zumindest fühlen Sie sich von mir beschützt!"

10

Was für ein Flegel, dachte Rosa. Aber sie hatte schließlich selbst Schuld. Warum war sie auch so abrupt hinter Carl aufgetaucht? Sie hatte sich gefürchtet, deshalb war es ihr sinnvoll erschienen, sich zu verstecken. Als sich der Verfolger im Nachhinein als Carl Wingert herausgestellt hatte, war Rosa kurz verärgert gewesen, dass er sie so ins Bockshorn gejagt hatte. Aber dann überwog doch die Angst, allein weiterzugehen, und deshalb hatte sie sich in diese unmögliche Situation gebracht.

Carl stupste sie an. „So schweigsam, Fräulein van der Bloom? Mit Verlaub, Sie sind so blass, als wäre Ihnen der Teufel persönlich begegnet. Dabei war das doch nur ich. Ein Rheinländer durch und durch!" Er sah sie an. Schnee umtanzte sein Gesicht, ein paar Flocken platzierten sich auf seinem gezwirbelten Schnäuzer. Rosa musste unwillkürlich lächeln.

„Ehrlich gesagt, habe ich mich wirklich ein wenig gefürchtet. Ich kenne mich in der Gegend hier nicht gut aus und die energischen Schritte klangen so typisch nach einem Mann, der nicht unbedingt gute Absichten hat!" Sie senkte den Blick. „Zum Glück waren das nur Sie. Aber nun lassen Sie uns weitergehen. Mir ist kalt." Sie lief los.

*

Der nächste Morgen präsentierte sich erneut sehr winterlich. Rosa versuchte, den Ofen zu befeuern. Die Glut war fast heruntergebrannt und in ihrer Mansarde war es bitterkalt. Nach dem dritten Versuch züngelte endlich eine kleine Flamme und das Holz begann zu knistern. Schon bald würden auch die

Kohlen glühen. Rosa hielt ihre Hände in die Wärme. Es war noch zu kalt, um sich anzukleiden. Rosa holte sich eine Wollstola aus der Kommode und ging zum Fenster. Doch es war unmöglich, die Welt draußen zu erkennen. Eisblumen bildeten feine ziselierte Muster auf dem Glas. Rosa hauchte dagegen, auch wenn es sie traurig stimmte, die kleinen Kunstwerke zu zerstören. Als sie sich ein Guckloch geschaffen hatte, sah sie, dass Bonn unter einer dichten Schneedecke lag. Es musste die ganze Nacht über geschneit haben, aber jetzt zeigte sich die Sonne und ließ das Weiß hell aufglitzern.

„Wat moi!", entfuhr es ihr, es war einfach ein zu schöner Anblick. Einer, der Rosa in Ostfriesland nur selten vergönnt gewesen war, denn eine so dichte Schneedecke zeigte sich dort kaum einmal. Sie zog sich die Wollstola fester um die Schultern. Auch wenn sie gleich zur Frauenklinik und danach zur Vorlesung musste, wollte sie den Augenblick noch eine Weile genießen. Schließlich war es wichtig, beim Gespräch in der Frauenklinik konzentriert zu sein. Es hing so viel vom Wohlwollen des Oberarztes ab. Rosa konnte der Versuchung nicht widerstehen, das Fenster zu öffnen. Nur einen Augenblick.

Kurz entschlossen lehnte sie sich hinaus und atmete die klare Winterluft tief ein. So hatte sie das zu Hause auch immer getan, wenn sie den Tag langsam beginnen wollte. Und wenn sie durcheinander war. „Ja, Rosa, das bist du. Net so dörnanner! Nun reiß dich mal zusammen! Zukünftig gehst du Carl einfach aus dem Weg."

Gerade, als sie das Fenster wieder schließen wollte, öffnete sich gegenüber die Haustür und Carl Wingert trat hinaus.

Er blickte sofort zu ihr hinauf und winkte. „Guten Morgen! Es hat geschneit."

Tatsächlich, welch Erkenntnis! Rosa wollte eben etwas Schnippisches erwidern, schreckte dann aber zurück und schlug das Fenster rasch zu. Ihr Herz klopfte bis zum Hals. Wie unangenehm war das denn eben gewesen? Sie mit offenem Haar, das ihr wirr in die Stirn hing, im Nachthemd mit einer wollenen Stola am geöffneten Fenster! So benahm man sich doch nicht! Vorsichtig warf Rosa einen Blick durch das kleine Guckloch in der Scheibe. Carl stand noch immer unten und sah nach oben. Schließlich marschierte er in Richtung Universität davon.

Was er nun wohl wieder von ihr dachte? Bestimmt nichts Gutes. Sie benahm sich ihm gegenüber ständig wie ein ostfriesisches Landei! Rosa kniff die Lippen zusammen. Es wurde wirklich Zeit, sich fertig zu machen, auch wenn es noch immer kühl in der Mansarde war, denn so richtig hatte der Ofen den Raum noch nicht gewärmt. „Wie auch, Rosa van der Bloom, wenn du das Fenster weit aufreißt, weil es geschneit hat."

Und weil du gehofft hast, ihn zu sehen.

Rosa wusch sich und schlüpfte in ihren weinroten Wollrock. Unter die Bluse zog sie ein wollenes Leibchen und über die Beine dicke Strümpfe. Beides hatte ihre Mutter gestrickt. Rosa entschied sich als Oberbekleidung für einen dunkelblauen Samtbolero. Der war wärmer als die Weste. Nun noch schnell eine Kleinigkeit frühstücken und rein in den Wintermantel. Für das Aufstecken des Hutes brauchte Rosa heute länger als sonst. Entweder störte eine Haarsträhne oder sie fand ihr Gesicht unvorteilhaft in Szene gesetzt. Das Schlagen der Kirchturmuhr erinnerte sie daran, dass es Zeit war, loszugehen. Der Oberarzt kannte keine Gnade, wenn jemand zu spät kam und als Frau konnte sie sich das schon gar nicht leisten.

Als Rosa vor die Tür trat, bildete sich sofort eine Atemwolke vor ihrem Mund. Es war glatt, sie musste mit ihren Stiefeln achtgeben, nicht auszugleiten. Sie tippelte in Richtung Frauenklinik und hatte die Innenstadt bereits durchquert, als sie auf ihren Kommilitonen und Carls Freund traf. Wie hieß er noch? Heinrich! So hatte ihn Carl Wingert genannt.

Heinrich grinste unverschämt. „Oh, Frau Blaustrumpf auf Abwegen."

Rosa ignorierte ihn, aber Heinrich heftete sich an ihre Fersen. „Darf ich Ihnen mein Geleit anbieten? Oder lehnen Blaustrümpfe das ab?" Er überholte sie und verstellte ihr den Weg. „Ach nein, Blaustrümpfe lassen sich ja von Herren gern nach Hause tragen, wenn sie sich angeblich den Knöchel verstaucht haben."

„Lassen Sie mich bitte gehen!", forderte Rosa ihn auf und versuchte, sich an Heinrich vorbeizudrängeln. Doch der war nicht willens, ihr Platz zu machen.

„Wer hat Ihnen überhaupt von meinem Unfall berichtet?", fragte sie und blieb stehen.

„Das musste keiner berichten. Das war nicht zu übersehen."

Rosa schluckte. Sie hatte so gehofft, dass der Vorfall unbemerkt geblieben war.

„Wissen Sie, Fräulein van der Bloom, Carl und ich sind seit Langem Freunde. Wir gehören sogar derselben Verbindung an."

„Den Trinkern und Klugscheißern, ich weiß", spottete Rosa.

„So würde ich das nicht nennen, wir können auch andere Dinge."

Sich das Gesicht aufschlitzen und das als Schmiss bezeichnen, dachte Rosa, schwieg aber. Sie wollte keine weitere Konversation mit Heinrich.

„Nun, Fräulein van der Bloom. Sie haben einen so kecken Blick, dass einem die Knie weich werden. Auch wenn Sie ein Blaustrumpf sind, das hätte ich nicht gedacht. Ich fürchte, Sie wollen meinem Freund den Kopf verdrehen." Er grinste noch unverschämter. „Das können Sie selbstverständlich mit mir auch tun. Ich möchte Sie einladen. Wir haben am Samstag in der Concordia einen Damenabend, zu dem wir jemanden mitnehmen dürfen."

„Kein Bedarf, danke!" Rosa machte auf dem Absatz kehrt und schlug einen forschen Schritt an. Der Tag war ihr, trotz Schnee und Sonnenschein, gründlich verhagelt. Was bildete sich dieser Heinrich überhaupt ein? Und was hatte Carl ihm womöglich erzählt? Dass sie leicht zu haben war? Rosa bog in eine Seitenstraße ab und wählte einen anderen Weg zur Frauenklinik, bis sie schließlich wieder vor der hellen Steinbank stand. Von Heinrich war weit und breit nichts mehr zu sehen. Rosa hetzte die Treppen herauf, wo der Oberarzt bereits auf sie wartete. Er deutete auf die Tür seines Sprechzimmers. „Es gibt viel zu bereden, deshalb rüge ich Sie jetzt nicht. Fräulein Edenhuizen hat in höchsten Tönen von Ihnen gesprochen."

Nach einer Stunde war das Gespräch vorüber und Rosas Laune hatte sich immens verbessert. Dank Hermines Fürsprache durfte sie in der Klinik an Geburten und anderen gynäkologischen Eingriffen teilnehmen!

Nun galt es nur noch, rechtzeitig zur Vorlesung zu kommen.

# 11

„Tut mir leid, hier ist reserviert“, erklärte Carl und zeigte auf den Platz neben sich am Ende der Bankreihe. Der Kommilitone, der sich gerade dort niederlassen wollte, zog die Augenbrauen hoch, sagte jedoch nichts und suchte sich einen Sitzplatz weiter links. Carl warf einen Blick zur Eingangstür. Rosa van der Bloom war ungewöhnlich spät dran. Sonst saß sie meist schon in der ersten Reihe, wenn er den Vorlesungssaal betrat. Heute aber war nur noch der Platz neben ihm frei. Da kam sie endlich und sah sich suchend um. Schnell blickte er nach vorn.

„Man soll den Tag nicht vor dem Abend loben“, flüsterte sie und ließ sich neben ihm nieder.

Er schaute sie belustigt an. „Doch schon da? Zuletzt sah ich Sie etwas legerer.“

Rosa kramte ihr Schreibzeug hervor. Sie war sichtbar bemüht, ihn zu ignorieren.

„Es hat mir gefallen“, fuhr er fort. „Noch mehr aber hat mich beeindruckt, wie Sie mir gestern nachgelaufen sind. Dann braucht man das starke Geschlecht also doch, stimmt's?“

Rosa antwortete nicht.

„Und nachdem wir nun befreundet sind, wollte ich fragen, ob Sie mich am kommenden Samstag zum Damenabend meiner Verbindung begleiten möchten. Es gibt zwar leider keine Birnen mit Hüdel, aber wie klingt Halver Hahn?“

Rosa blitzte ihn an. „Ich glaube, dorthin müssen Sie allein gehen, Herr Wingert. Oder lassen Sie sich von Ihrem Freund Heinrich begleiten. Wenn ich mich dann bitte jetzt auf die Vorlesung konzentrieren dürfte?“

Warum war sie plötzlich so kratzbürstig? Gestern waren sie beide in schönster Eintracht nach Hause gegangen und hatten sich vor ihrer Haustür recht freundlich getrennt. Ach Weiber, bei denen wusste man eben nie! Er hatte gedacht, sie würde sich freuen, einen Abend auszugehen und mit anderen jungen Leuten zusammenzukommen. Und beim musikalischen Damenabend am Samstag sollte das Streichquartett der Concordia spielen – sie hatte sich doch in der Kantorei von Musik sehr angetan gezeigt! Carl nahm seinen Füllfederhalter zur Hand und versuchte, sich auf die Vorlesung zu konzentrieren, doch das fiel ihm ungewöhnlich schwer. Rosa dagegen schien jedes Wort des Professors einfach aufzusaugen und mit ihrem Bleistift zu Papier zu bringen. Ihre Schrift war klein und gleichmäßig, ihre Aufzeichnung übersichtlich. Wahrscheinlich konnte sie sich das alles auch direkt noch merken!

Endlich beendete der Professor seinen Vortrag.

„Ihr schönes modernes Schreibgerät hatte aber wenig zu tun“, zischte Rosa van der Bloom neben ihm.

„Ich habe diese Vorlesung bereits im letzten Semester besucht“, erklärte Carl. „Daher habe ich zu Hause schon Notizen zum Thema.“

„Ach, wirklich? Dann wundert es mich, dass Sie die Frage des Professors vorhin nicht beantworten konnten.“

Mit geschickten Griffen packte Rosa ihre Schreibsachen in die Tasche und stand auf.

„Ich hätte sehr wohl eine Ant …“

Halt, er musste sich doch vor dieser Frau nicht rechtfertigen! Und er war auch nicht auf ihre Gesellschaft angewiesen, um zum

Damenabend eine Begleiterin zu finden. Er konnte ganz einfach die Schwester des Kantors einladen – Amelie Freytag würde sich über einen musikalischen Abend gewiss freuen.

*

„Unser Blaustrumpf ist heute ziemlich in Eile", bemerkte Heinrich, als Carl und er auf die Straße traten. „Die Letzte in der Vorlesung und eine der Ersten, die den Saal verlassen hat! Du scheinst sie mit deiner Konversation nicht gerade gefesselt zu haben."

„Wir hatten keine Konversation", erklärte Carl. „Sie hat sich auf die Vorlesung konzentriert."

Heinrich lachte. „Sie tut immer sehr eifrig und ernst. Aber hast du schon einmal in ihre blauen Augen geschaut?" Er stieß einen bewundernden Pfiff aus.

Carl schwieg. Ja, das hatte er.

„Ich glaube, sie nutzt das Studium, um hier einen Mann zu finden. Einen Arzt vielleicht oder zumindest einen angehenden Arzt. Dann kann sie sich Frau Doktor nennen lassen, ohne selbst promovieren zu müssen. Nun, wer will ihr das verdenken!"

„Den Eindruck habe ich nicht", widersprach Carl. „Sie interessiert sich wirklich für Medizin."

Heinrich boxte ihn leicht in die Seite. „Das klingt, als hätte sie dich schon um den Finger gewickelt. Dann bringst du sie sicher zum Damenabend mit!"

Carl schüttelte den Kopf. „Nein, mich wird eine andere junge Dame begleiten."

„Aha, dann hat die van der Bloom deine Einladung auch abgelehnt?"

„Auch?"

Heinrich zuckte mit den Achseln. „Ich habe sie angesprochen, als ich sie heute Morgen auf dem Weg hierher getroffen habe. Wollte mich zur Verfügung stellen – sie ist ja ein hübsches Ding. Aber von mir wollte sie nicht auf Händen getragen werden. Da hattest du mehr Glück!" Er lachte wieder.

Carl sah ihn überrascht an.

„Ich habe euch gesehen!"

„Sie hatte sich ihr Fußgelenk verletzt", verteidigte sich Carl.

„So was behaupten die immer."

Carl schüttelte den Kopf. Rosas Knöchel war wirklich geschwollen gewesen. Er war sich sicher, dass sie ihm nichts vorgespielt hatte.

„Nun, du bist gewarnt. Kommst du mit? Im *Em Höttche* gibt es eine hervorragende Schweinskopfsülze." Heinrich rückte seine Studentenmütze zurecht.

„Danke nein, ich gehe nach Hause in die Concordia. Frau Käthe hat uns allen, die dort logieren, eine heiße Suppe versprochen. Und dann muss ich sowieso noch in die Kirche – heute übe ich mit den Solisten."

„Ich habe schon wochenlang nicht mehr Trompete gespielt", erklärte Heinrich. „Das mit dem Instrument ist doch nur Formsache für die Verbindung, damit sie sich musikalisch nennen kann. Du nimmst das viel zu ernst, genau wie Adam."

„Das sehen er und ich eben anders."

Heinrich machte eine wegwerfende Handbewegung. „Ich rechne aber heute Abend mit dir, nach der Probe auf ein paar Bier. Wenn der Blaustrumpf uns alle schon als Trinker und

Klugscheißer bezeichnet, müssen wir dem Ruf doch wenigstens gerecht werden!" Er lachte und ließ Carl einfach stehen.

Trinker und Klugscheißer? Hatte Rosa van der Bloom das wirklich gesagt? Zuzutrauen war es ihr. Sie war schon eine besondere Frau. Jetzt war er doch ein bisschen froh, dass sie seine spontane Einladung zum Damenabend abgelehnt hatte. Amelie Freytag passte viel besser zu ihm. Und sie hatte ihn bei der gestrigen Probe sehr freundlich angesehen. Fräulein Freytag würde sich sicherlich geehrt fühlen, ihn begleiten zu dürfen.

# 12

Rosa hatte den ganzen Samstag lang nichts so richtig mit sich anzufangen gewusst. Warum nur verhielt sie sich so abweisend gegenüber Carl Wingert? Er hatte ihr doch nichts getan! Heinrich war unflätig gewesen, nicht Carl. Sie warf einen Blick aus dem Fenster. Der Mond schien hell, es hatte am späten Nachmittag noch einmal heftig geschneit. Warum sollte sie nicht noch eine Runde spazieren gehen und dabei Hermine einen kurzen Besuch abstatten? Sie war bestimmt neugierig, wie das Gespräch mit dem Oberarzt der Frauenklinik am Tag zuvor verlaufen war.

Rasch schlüpfte Rosa in ihre Stiefel, zog den Mantel an, setzte den Hut auf und hängte sich den Muff um, der ihre Hände besser wärmte als die dünnen Fingerhandschuhe. Sie eilte die Treppen hinab und trat vor die Tür. Was für ein Abend! Die Sterne funkelten, die Luft war fast so klar, wie sie es von Ostfriesland her kannte, alle Geräusche wirkten gedämpft. Die Gehwege und Straßen waren tief verschneit, das Weiß glitzerte im Licht der Straßenlaternen. Ein Pferdeschlitten glitt an Rosa vorbei und verschwand kurz darauf in der Dunkelheit.

Sie sah auf die Uhr. Es war kurz nach sieben, in etwa 15 Minuten würde sie Hermines Haus erreichen. Rosa stapfte los, hielt aber inne, als sie Musik hörte. Woher kam das? Es waren Streicher, die ihre Instrumente stimmten. Eine erste Melodie erklang. Rosa überquerte die Straße. Die Musik kam eindeutig aus der Concordia, dem Haus mit der blau-weiß-blauen Fahne, in dem Carl Wingert lebte. Rosa schluckte. Er hatte sie gar nicht zu einem Saufgelage einladen wollen, sondern zu dieser wunderbaren Musik!

„Ich Döskopp", schimpfte sie. „Er hat bestimmt geglaubt, er würde mir damit eine Freude machen! Er weiß ja inzwischen, wie sehr auch ich Musik mag!" Rosa schüttelte den Kopf über ihre eigene Sturheit. Nun aber war es zu spät. Sie konnte ja schlecht dort hineingehen und sich selbst einladen, wo sie Carl Wingert so dermaßen vor den Kopf gestoßen hatte.

„Egal, ich gehe zu Hermine und mache mir mit ihr einen schönen Abend."

*

Hermine war überrascht, als Rosa zu solch später Stunde vor ihrer Tür stand. „Ich hatte gehofft, dass du kommst und mir von deinem Besuch beim Professor berichtest, aber so spät habe ich nicht mehr mit dir gerechnet."

„Ich war selbst unsicher, ob ich am Abend noch hinausgehen wollte, aber das Wetter ist so bezaubernd, dass es mir eine Freude war, doch noch den kleinen Spaziergang zu dir zu machen."

Hermine Edenhuizen trat beiseite und winkte Rosa in die gute Stube hinein. Ihr Zuhause war nicht sehr geräumig, bestand aber immerhin aus einem Wohn- und einem Schlafraum, einer Küche und einem winzigen Bad. Die Toilette befand sich außerhalb der Wohnung auf der Zwischenetage.

„Nun erzähle von deinem Gespräch! Darfst du an den Geburten und Eingriffen teilnehmen?" Hermine schien vor Neugierde fast zu platzen. Rosa berichtete haarklein von ihrem Besuch in der Frauenklinik. Hermine kochte in der Zwischenzeit eine Kanne Tee. „Und am Ende kam heraus, dass ich tatsächlich bei den Geburten anwesend sein darf und assistieren kann", schloss Rosa begeistert.

„Das klingt alles wunderbar, Rosa. Ich habe so sehr gehofft, dass es gut für dich ausgeht." Sie musterte ihre Freundin. „Aber du siehst trotzdem nicht so glücklich aus, wie ich es bei einer derart großartigen Nachricht erwartet hätte."

Rosa trank einen Schluck Tee. Sollte sie erzählen, was es mit Carl Wingert auf sich hatte? Oder besser nicht? Schließlich war ja nichts passiert. Und über nichts konnte man nicht reden.

„Macht dir ein Mann Kopfzerbrechen?" Hermine hatte den Nagel auf den Kopf getroffen.

„Nicht direkt. Weil ich mich nicht verwirren lasse. Und schon gar nicht von so einem." Rosa war mit ihrer Antwort sehr zufrieden. Ihre Freundin aber schmunzelte. „Das sieht man."

„Ja, nicht wahr? Ich gehe meinen Weg und der heißt Medizinstudium, nicht Concordia."

„Ohhhh!" Hermine zog das Wort in die Länge. „Er gehört zur Concordia?"

Rosa sah ihre Freundin fragend an. „Warum bist du so erstaunt? Diese Verbindungen sind doch alle gleich. Raufen, saufen, fechten und sich wichtig fühlen. Darauf kann ich verzichten." Über Rosas Gesicht glitt ein spöttisches Lächeln. „Obwohl sie heute so tun, als wären sie überaus kulturell. Ich habe aus dem Haus tatsächlich Streichmusik gehört."

„Das wundert mich nicht. Die Concordia ist keine schlagende, sondern eine musikalische Verbindung."

Rosa wich sämtliche Farbe aus dem Gesicht. „Die stechen sich nicht die Wangen blutig?"

„Eher nicht. Ich nehme an, dass die meisten von ihnen nicht mal wissen, wie man einen Degen führt."

Rosa schrumpfte auf dem Sofa in sich zusammen. Auf welchem Holzweg war sie denn da herumgaloppiert?

„Die Concordia hat mehrere Musikensembles, die gelegentlich Konzerte geben, darunter ein Streichquartett erster Güte. Wusstest du das nicht?“ Hermine beugte sich leicht zu Rosa hinüber.

„Nein, das wusste ich nicht.“

Hermine schenkte ihr noch einen Tee ein und Rosa wechselte das Thema. Jetzt nur nicht weiter über Carl Wingert, Studentenverbindungen oder Ähnliches nachdenken!

*

Eine halbe Stunde später brach Rosa auf.

„Soll ich dir nicht besser ein Autotaxi besorgen?“, fragte Hermine, der sichtlich unwohl dabei war, ihre Freundin allein in den Abend laufen zu lassen. Aber die winkte ab. Es würde ihr guttun, den Rückweg zu nutzen, um sich Gedanken über ihren zukünftigen Umgang mit Carl zu machen. Etwas freundlicher konnte sie angesichts dieser neuen Umstände ja durchaus zu ihm sein. Rosa stülpte die Kapuze des Mantels über ihren Hut, denn der Wind pfiff unangenehm durch Bonns Straßen. Die Stadt war noch sehr belebt. Viele Bewohner begeisterten sich für die Schneepracht, die, wie Hermine eben erklärt hatte, auch in Bonn sehr selten war. Rosa stapfte tapfer durch den Schnee und genoss es, wenn das weiße Pulver unter ihren Stiefeln aufstob.

Immer wieder glitten Schlitten mit gut gelaunten Menschen an ihr vorbei. Es war herrlich! Mit jedem Schritt verbesserte sich ihre Laune. Carl Wingert war also vielleicht doch ganz anders, als sie ihn nach dem unangenehmen Gespräch mit Heinrich eingeschätzt hatte! Und er hatte sie zu diesem Konzert eingeladen. Folglich war sie ihm vermutlich nicht völlig gleichgültig.

Sie bog in die Königstraße ein, als sie auf der gegenüberliegenden Straßenseite einen Mann und eine junge Frau bemerkte. Die Frau hatte sich bei dem Mann eingehakt und lachte gerade hell auf. Dieses Lachen kannte sie doch! Die junge Dame wandte ihr Gesicht dem Mann zu und im Schein der Straßenlaterne erkannte Rosa das Profil von Amelie Freytag.

„Danke, dass Sie mich zu diesem wundervollen Konzert mitgenommen haben, Herr Wingert."

Jetzt beugte sich der Mann zu ihr herunter.

Das durfte nicht sein! Das war Carl!

„Ich danke Ihnen für diesen schönen Abend. Es war mir eine Ehre, mich von einer Frau wie Ihnen begleiten zu lassen." Er verneigte sich. „Ich wünsche Ihnen eine gute Nacht, Fräulein Freytag. Und – ich freue mich auf die weiteren Proben."

Carl wartete noch, bis Amelie die Haustür hinter sich zugezogen hatte. Er überquerte die Straße – und lief Rosa geradewegs in die Arme.

13

Carls Herz schien einen Schlag auszusetzen, als sie so plötzlich vor ihm stand.

„Rosa … Fräulein van der Bloom! Was machen Sie denn hier?“, stieß er hervor.

Rosa runzelte die Stirn. „Ich gehe nach Hause, und Sie?“

„So ganz alleine im Dunkeln?“

„So dunkel ist es heute ja nicht. All der Schnee und die klare Nacht …“ Sie zog eine Hand aus dem Muff und deutete auf die verschneite Straße, auf der sich einige Fuß- und Radspuren abzeichneten.

„Und jetzt haben Sie das Glück, mich hier zu treffen! So haben Sie für den Rest des Wegs doch noch eine schützende Begleitung.“ Er bot ihr seinen Arm an.

Rosa van der Bloom steckte ihre Hand wieder in den Muff und trat einen kleinen Schritt zurück. Sie schien nicht die Absicht zu haben, sein Angebot anzunehmen. Andererseits sah sie ihn aber auch nicht gerade unfreundlich an.

Carl räusperte sich. „Gehen wir? Es wird recht kühl, wenn man so still dasteht.“

Rosa van der Bloom nickte und marschierte los. Wie schnell sie ging! Er bemühte sich, seinen Schritt dem ihren anzupassen. Amelie Freytag war an seinem Arm völlig anders dahingeschritten, langsam und vorsichtig. Sie war wirklich eine hübsche und äußerst weibliche junge Frau – und wie sie ihn angeschmachtet hatte! Dennoch – als sie an der nächsten Straßenkreuzung links abbogen, musste er zugeben, dass es sich sehr viel belebender anfühlte, jetzt neben Rosa van der Bloom durch den Schnee zu stapfen.

„Und wo waren Sie am Abend noch unterwegs?", erkundigte er sich. „Wenn Sie die Frage erlauben."

Rosa zögerte, dann aber antwortete sie: „Ich habe meine Freundin besucht."

„Fräulein Edenhuizen?"

„Genau."

„Oh, sicher konnten Sie beide dann wunderbare Fachgespräche führen. Über Schwangerschaften und Frauenkrankheiten – oder doch eher über Birnen und Hüdel?"

Rosas Antwort war nur ein skeptischer Seitenblick. Schweigend setzte sie ihren Weg fort.

Hatte er sie jetzt brüskiert? Vielleicht war sein Tonfall etwas zu abfällig geraten. Aber wenn er ehrlich war, war er immer noch beleidigt, dass und wie sie seine Einladung ausgeschlagen hatte. So nett der Abend in Begleitung von Amelie Freytag gewesen war, er wurde den Gedanken nicht los, wie viel Freude Rosa van der Bloom an der Musik gehabt hätte. Er sah sie förmlich vor sich, mit geröteten Wangen und strahlenden Augen, so wie sie in der Chorprobe ausgesehen hatte.

„Entschuldigen Sie, ich glaube, diese Bemerkung war wenig passend", sagte er leise.

„Das finde ich auch", erwiderte Rosa sofort. „Es hat Sie überhaupt nicht zu interessieren, worüber ich mit meiner Freundin spreche."

„Dann nehmen Sie bitte meine Entschuldigung an."

Rosa schien sich einen Ruck zu geben. „Gut, ich nehme Ihre Entschuldigung an."

„Danke."

Schweigend setzten sie ihren Weg fort. Aber der stille Spaziergang hatte eine andere Qualität angenommen. Carl genoss dieses kameradschaftliche und einträchtige Nebeneinanderhergehen. Rosa war eine Frau, mit der ein Mann sich wohlfühlen konnte. Vielleicht gerade deshalb, weil sie ihn nicht so anhimmelte, wie Amelie es tat? Vor Rosas Haus blieben sie schließlich stehen. Sie zog ihre Hand aus dem Muff und reichte sie Carl zum Abschied.

„Ich danke Ihnen für Ihre Begleitung", sagte sie fest. „Und auch ich entschuldige mich für meine unhöflichen Worte kürzlich nach der Vorlesung."

Carl ergriff ihre warme Hand, nickte und lächelte sie an. „Dann sind wir wieder Freunde?"

„Freunde? Waren wir das denn?" Sie lachte leise und löste ihre Hand aus der seinen, um in ihre Manteltasche zu greifen. Sie zog einen Schlüssel heraus und schloss die Haustür auf. Mit einem kurzen „Gute Nacht" verschwand sie im Haus.

Carl atmete tief durch, bevor er die Straße überquerte und die Stufen zum Eingang der Concordia hinaufstieg.

*

Aus dem Saal, in dem das Konzert stattgefunden hatte, kam leises Klaviergeklimper. Als Carl seinen Kopf durch die Tür steckte, entdeckte er Adam, der am Flügel saß und mit einer Hand eine leichte Melodie spielte, während er in der anderen einen Krug Bier hielt.

„Hast du deine Begleiterin gut nach Hause gebracht?", rief Adam ihm entgegen. „Sehr hübsch, die Kleine. Und musikalisch scheint sie auch zu sein. Hast du gesehen, wie ihre Hand sich im Takt bewegt hat? Fast, als wolle sie unser Streichquartett dirigieren!"

„Tatsächlich hilft Fräulein Freytag ihrem Bruder beim Leiten der Kantorei und dirigiert gelegentlich auch", sagte Carl und zog sich einen der Stühle, die noch nicht zur Seite geräumt worden waren, näher heran. „Und sie hat eine sehr klare Sopranstimme." Warum nur musste er plötzlich an Rosa van der Blooms warmen Alt denken? Der hatte ihn viel mehr berührt.

„Ich war allerdings etwas überrascht", sagte Adam, „dass du nicht deine Medizinstudentin von gegenüber eingeladen hast. Ich dachte, du bist ganz angetan von ihr."

„Fräulein van der Bloom hatte heute Abend anderes vor. Sie war mit ihrer Freundin verabredet, aber wir haben …"

„Jetzt wird es interessant." Adam grinste und nahm ein paar kräftige Schlucke.

„Nichts weiter, wir haben uns nur vorhin zufällig auf der Straße getroffen und ich habe sie nach Hause begleitet."

Adam lachte lauthals auf. „Oh, mein lieber Carl. Gleich zwei Damen an einem Abend. Da bin ich aber sehr gespannt, von welcher du heute Nacht träumen wirst! Ich erwarte beim Frühstück einen ausführlichen Bericht!"

Carl erhob sich. „Wir hatten einfach denselben Weg. Und du denkst in eine völlig falsche Richtung!"

Adam lachte wieder. „Komm, hol dir auch noch ein Bier – dann können wir darüber reden."

Carl schüttelte den Kopf. „Ich gehe zu Bett", erklärte er. „Ich will morgen zum Sonntagsgottesdienst. Es wäre der Geburtstag meiner Mutter."

Adam wurde auf einmal ernst. „Ich verstehe. Gute Nacht, Carl!“

„Gute Nacht, Adam.“

Während Adam sein Geklimper am Klavier wieder aufnahm, stieg Carl hinauf in sein Zimmer. Ob er wirklich träumen würde? Und wenn ja, von wem?

14

Rosa sah verträumt aus dem Fenster. Carl hatte sich bei ihr entschuldigt. Sie waren Freunde, hatte er gesagt. War es das, was sie sich erhoffte? Rosa war sich nicht sicher. Denn als sie neben ihm gegangen war, hatte sich das nach mehr angefühlt als nach reiner Freundschaft. Ihr Herz hatte geklopft. Ach was, geklopft. Gehämmert hatte es. Und wenn sie ehrlich war, tat es das noch, sobald sie auch nur an Carl Wingert dachte. Er roch so gut. Eine Mischung aus Tabak und frischer Winterbrise. Er hatte diesen Schalk im Blick. Und er liebte die Musik, genau wie sie. Wenn da nur nicht seine Vorurteile wegen ihres Studiums wären! Andererseits hatte es doch gestern so ausgesehen, als ob er ihr in der Vorlesung einen Platz frei gehalten hatte. „Er hat Amelie Freytag zum Konzert eingeladen und das, was du da gesehen hast, sah sehr vertraulich aus, Rosa van der Bloom!“ Es nützte nichts: Ihre Gedanken ließen sie einfach nicht zur Ruhe kommen.

Zu Hause in Ostfriesland hätte ihre Mutter ihr jetzt einen Tee gekocht, sich mit ihr in die Küche an den Herd gesetzt und ihr zugehört. Rosa seufzte. Ihre Mutter war weit weg und sie musste allein mit ihren Zweifeln zurechtkommen. Und sie verspürte keine Lust, jetzt Tee zu kochen. Da fiel ihr Blick auf den Tannenbaum, den Carl für sie in die Mansarde geschleppt hatte. Wenn sie sowieso keinen Schlaf fand, konnte sie ihn auch endlich schmücken. Immerhin hatte sie gestern den kleinen Kasten mit den Strohsternen, den ihre Mutter mit der Post geschickt hatte, hervorgekramt und die Tanne in einem Ständer festgezurrt. Rosa stand auf und behängte die grünen Zweige. Dabei summte sie allerlei Weihnachtslieder vor sich hin.

Am nächsten Morgen zeigte sich der Himmel trüb und wolkenverhangen. Der Schnee war matschig geworden und an etlichen Stellen schmutzig, sodass der Zauber des letzten Abends verschwunden war. Rosa hatte in der Nacht noch Kohlen nachgelegt, damit es in der Mansarde wenigstens heimelig warm war und ihr das Aufstehen keine Mühe machte. Sie hatte beim Schmücken des Tannenbaums beschlossen, heute zum Sonntagsgottesdienst zu gehen. Auch das hatte sie in Pewsum immer getan und sie vermisste es arg. Jetzt, wo sie ohnehin in der Kantorei mitsang, war es doch ein guter Anlass, vielleicht die netten Sängerinnen und Sänger wieder zu treffen. Es wurde Zeit, dass sie neben Hermine in Bonn auch weitere Freundinnen fand und Kontakte knüpfte.

Nach einem kurzen Frühstück machte Rosa sich also auf den Weg. Es war beschwerlich, durch den Schneematsch zu waten und dabei keine nassen Strümpfe zu bekommen. Insgeheim hoffte sie, dass Carl auf dieselbe Idee gekommen war und ihr wieder seine Begleitung anbot, aber er war nirgendwo zu entdecken. Bestimmt war er katholisch, die meisten im Rheinland waren das. Sie sollte sich keine unnötigen Hoffnungen machen.

Vor der Kirche standen Amelie Freytag und diese Jutta, die sich erneut wie eine Königin aufführte. Ihr Hut war mit einer langen Feder geschmückt und wippte bei jeder Bewegung auf und nieder. „Ach, Sie auch hier, Fräulein van der Bloom?“, empfing Jutta sie.

„Guten Tag.“ Rosa nickte ihr freundlich zu. Dann fiel ihr Blick auf Amelie Freytag, die den Kopf zur Seite wandte und plötzlich von innen her zu strahlen schien. Es versetzte Rosa einen heftigen Stich, als sie sah, woher dieses Strahlen rührte. Denn soeben bog Carl Wingert um die Ecke.

„Ach, die Damen sind schon vor Ort?“ Er verneigte sich höflich, blieb aber sowohl vor Rosa als auch vor Amelie Freytag länger stehen. Das bemerkte Jutta Sänger sofort und verzog säuerlich das Gesicht.

„Wollen wir hineingehen?“, schlug Carl vor. „Das Wetter ist so usselig.“

„Jo, Schietwetter“, entfuhr es Rosa. Sie biss sich auf die Lippen, als sie Juttas tadelnden Blick bemerkte.

Carl ging voran in die Kirche. Es war noch nicht sehr voll, aber der Kantor rannte bereits geschäftig hin und her. Den gebrochenen Arm trug er in einer Schlinge. Als er Amelie sah, winkte er sie kurz zu sich und sprach ein paar Sätze mit ihr. Dabei schaute er ständig zu Rosa und Carl, die noch im Gang standen. Danach strahlte Amelie bei Weitem nicht mehr so hell wie zuvor. Sie warf verstohlene und alles andere als freundliche Blicke in Rosas Richtung. Hatte sie etwas Falsches gesagt?

Carl zupfte Rosa am Ärmel. „Kommen Sie mit da links in die zweite Bank? Heute spielt der Posaunenchor und von dort kann man ihn wunderbar sehen.“

Rosa drehte sich leicht zur Seite, damit ihr Lächeln nicht allzu auffällig sichtbar war. Er hatte sie und nicht Amelie gebeten, neben ihm Platz zu nehmen. Jutta Sänger und Amelie setzten sich hingegen in die erste Reihe und würdigten Carl und Rosa keines Blickes.

Der Gottesdienst begann und der Posaunenchor war wirklich wunderschön anzuhören. Rosa spürte Carls Augen auf sich ruhen, wenn ein Lied besonders berührend gespielt wurde. Einmal beugte er sich zu ihr hinüber und flüsterte: „Wunderbar, Fräulein van der Bloom, oder?“ Sie nickte. Ja, es war wunderbar. Nicht nur die Musik, nicht nur diese Kirche. Am wunderbarsten war, dass sie und nicht Amelie Freytag neben Carl saß und sie außerdem das Gefühl hatte, mit ihm gemeinsam ganz woanders zu sein. Sie waren sich in diesem Moment fast so nah, als hätte es niemals eine Unstimmigkeit zwischen ihnen gegeben.

Amelie und Jutta Sänger verabschiedeten sich nach dem Gottesdienst rasch und mit einem flüchtigen Kopfnicken von ihnen. Keine Spur mehr von der Freundlichkeit, die Amelie Freytag sonst immer an den Tag legte. Seltsam, was war nur passiert? Rosa schüttelte den Gedanken ab, denn nun kam der Kantor auf Rosa und Carl zu. „Warten Sie bitte, Herr Wingert und Fräulein van der Bloom.“

Fragend sahen die beiden ihn an.

„Ich habe Fräulein van der Bloom letzte Woche bei der Probe singen gehört. Da ich etwas Wichtiges vergessen hatte, war ich trotz meines Arms kurz in der Kirche und konnte Ihnen lauschen. Ihr Gesang war einfach phänomenal. Nur selten habe ich eine solch schöne Altstimme gehört.“

Rosa wurde ganz verlegen. Sie senkte den Kopf. „Danke, Herr Freytag. Das ehrt mich.“

„Sie singt wirklich wundervoll“, bestätigte Carl mit einem Seitenblick auf Rosa. „Und ich dachte, in Ostfriesland kreischen nur Möwen. Mit einem solchen Gesang habe ich nicht gerechnet.“

Bevor Rosa darauf etwas Passendes entgegnen konnte, fuhr der Kantor fort, ohne auf Carls Einwurf einzugehen. „Und Ihnen,

Herr Wingert, gleiten die Finger in begnadeter Weise über die Tasten des Harmoniums."

„Auch dafür herzlichen Dank." Jetzt war Carl verlegen, was Rosa, trotz der blöden Bemerkung über ihre Heimat, anrührte. Von seiner sonstigen Überheblichkeit war nichts mehr zu erkennen. „Weil ich nun in meiner Kirche zwei so begnadete Künstler weiß, ist mir eine Idee gekommen", fuhr Herr Freytag fort. „Sie, Fräulein van der Bloom, sind dazu geboren, mit Ihrem Gesang Herzen zu verzaubern."

Rosa spürte, wie sie rot anlief. „Was soll das heißen, Herr Freytag?"

Der Kantor strahlte nun über das ganze Gesicht. „Sie werden, so Sie denn möchten, am Heiligen Abend zwei Soli singen. Ich dachte an ‚Vom Himmel hoch' und ‚Herbei, o ihr Gläubigen' oder aber ‚Es ist ein Ros' entsprungen'. Herr Wingert wird Sie dabei begleiten."

„Ich soll allein singen?" Rosa war fassungslos, aber Carl griff begeistert nach ihrer Hand. „Das ist eine grandiose Idee! Wann sollen wir mit der Probe beginnen?"

„Am besten gleich", schmunzelte der Kantor. „Wenn wir schon mal eine ostfriesische Nachtigall und keine Möwe hier in der Kirche haben." Er senkte die Stimme. „Meine Schwester weiß über mein Vorhaben Bescheid. Ich fürchte, sie hatte sich selbst Hoffnungen gemacht, die Soli zu singen."

Rosa nickte kaum merklich. Das erklärte so einiges …

# 15

Als die Gottesdienstbesucher die Kirche verlassen hatten und der Kantor in der Sakristei verschwunden war, um die Noten zu holen, nahm Carl wieder am Harmonium Platz. Rosa stellte sich neben ihm auf. Sie sah ein bisschen skeptisch aus, fand Carl.

„Wenn Sie kein Solo singen wollen“, flüsterte er ihr zu, „sagen Sie es offen. Ich möchte nicht, dass Sie am Heiligen Abend etwas tun, was Sie nicht erfreut.“

„Ich muss erst sehen, ob ich das wirklich kann“, antwortete Rosa leise. „Das ist ganz neu für mich.“

„Natürlich können Sie das. Und Sie sind ja auch nicht ganz alleine, ich begleite Sie schließlich. Mal wieder.“ Carl zwinkerte und wurde von Rosa mit einem Lächeln belohnt. Der Kantor kam mit einem Stapel Notenblätter zurück und legte sie auf dem Harmonium ab. „Ich habe einige Weihnachtslieder herausgesucht, die wir uns gemeinsam anschauen können, bevor wir uns endgültig entscheiden. Sollen wir anfangen? Sind Sie durch den Gottesdienst genug eingesungen, Fräulein van der Bloom?“

Rosa nickte fast feierlich und griff nach den beiden obersten Notenblättern. „Vom Himmel hoch“, sagte sie und reichte Carl seine Begleitstimme.

*

„Auf Wiedersehen, Herr Freytag“, verabschiedete sich Rosa. „Und wenn Sie sich das Ganze anders überlegen und doch lieber Ihre Schwester singen lassen …“

„Nein, nein“, unterbrach sie der Kantor. „Sie machen das wunderbar und Amelie hat schon so oft die Weihnachtssoli gesungen.

Machen Sie sich keine Gedanken, ich wünsche Ihnen noch einen schönen Sonntag."

Auch Carl verabschiedete sich, dann ging er zusammen mit Rosa zur Ausgangstür und hielt sie ihr auf. Heute marschierte sie nicht einfach los, sondern wartete auf ihn.

„Meine Begleitung ist Ihnen offensichtlich doch noch nicht zu viel geworden", scherzte er.

Ein zartes Rot stieg in ihre Wangen. „Wir haben schließlich denselben Weg", erklärte sie dann energisch und keinen Widerspruch duldend.

Er lächelte und sein Herz pochte schneller, als er sie betrachtete. Vor ihrem linken Ohr hatte sich eine Haarsträhne aus der Frisur gelöst und er hatte das plötzliche Bedürfnis, sie Rosa aus dem Gesicht zu streichen. Carl wandte seinen Blick nach vorne. „Wie geht es Ihrem Weihnachtsbaum?", fragte er.

„Gut, danke der Nachfrage", antwortete Rosa sofort. „Ich habe ihn mit Strohsternen geschmückt, die meine Mutter mir von zu Hause geschickt hat."

„Das sieht bestimmt hübsch aus."

„Ja, das tut es tatsächlich. Und das Tännchen riecht so gut. Ich liebe diesen harzigen Duft."

Carl nickte. Ein Weilchen gingen sie schweigend nebeneinanderher, dann fragte Rosa: „Wollen Sie eigentlich nach Ihrem Studium in Ihrer Heimatstadt Köln praktizieren oder lieber hier in Bonn bleiben?"

„Darüber habe ich mir noch keine Gedanken gemacht", gab Carl zu und blieb stehen. „Schließlich wird das noch ein paar Jahre dauern."

Auch Rosa war stehen geblieben und starrte auf den Schneematsch, der sich am Rand der Straße gebildet hatte.

„Wir sollten die Fahrbahn erst dort vorne überqueren“, sagte Carl und bot ihr seinen Arm an. Sie hob tatsächlich ihre behandschuhte Hand und hakte sich bei ihm unter. Gemeinsam setzten sie ihren Weg fort. „Ich glaube, Männer machen sich grundsätzlich immer viel weniger Gedanken als wir Frauen“, stellte Rosa nach ein paar Schritten fest.

„Meinen Sie?“ Carl sah sie von der Seite an. „Also, ich habe schon den Eindruck, dass ich mir viele Gedanken mache.“

„Und woran denken Sie jetzt gerade?“

Ertappt. Er hatte gerade überlegt, wie es sich wohl anfühlen würde, ihr über die Wange zu streichen und ihre Lippen zu berühren. „Äh …“

„Sehen Sie, Sie denken an nichts. Ich dagegen plane schon den morgigen Tag, denn ich muss mich mit meiner Vermieterin abstimmen, wann ich die Wäsche waschen kann, und …“

„Ich lasse meine Wäsche in Beuel waschen, da gibt es ausgezeichnete Wäschereien“, warf er ein, doch sie beachtete seine Bemerkung nicht.

„… und heute Nachmittag will ich noch eine Publikation meiner Freundin über einen bemerkenswerten Fall von Magentetanie lesen und meiner Familie einen Brief schreiben.“ Sie verstummte.

„Ich sehe schon, Sie sind sehr beschäftigt“, sagte Carl. „Da werden Sie wohl nicht einmal Zeit für einen Spaziergang haben.“

Rosa blieb stehen und sah ihn an. „Wollen Sie etwa mit mir spazieren gehen?“, fragte sie überrascht.

„Ich hatte daran gedacht", gab Carl zu. „Sehen Sie, die Sonne kommt heraus und der Schnee ist schon deutlich geschmolzen. Da sollte man doch das letzte Weiß noch einmal so richtig genießen."

Rosa schwieg.

Carl räusperte sich. „Wir könnten dabei ja über ein medizinisches Thema sprechen." Halt, wieso war ihm das denn so plötzlich herausgerutscht? Noch vor wenigen Tagen wäre ihm solch ein Satz sicherlich nicht über die Lippen gekommen!

Rosa warf ihm einen Seitenblick zu. „Ein medizinisches Gespräch? Ich weiß nicht so recht."

„Dann denken Sie noch ein wenig darüber nach. Ich werde heute Nachmittag um drei bei Ihnen klingeln. Wenn Sie sich dann für mich entschieden haben, kommen Sie einfach herunter."

Das war auch nicht gerade eine gelungene Formulierung gewesen, ärgerte sich Carl über sich selbst. Nur gut, dass sie vor Rosas Haustür angekommen waren. Rosa ließ seinen Arm los und zog den Schlüssel aus ihrem Handtäschchen. „In Ordnung, ich überlege es mir", sagte sie ein wenig zu ernst. „Auf Wiedersehen, Herr Wingert."

„Um drei."

Sie ging nicht auf seine Worte ein, sondern verschwand im Haus. Carl atmete einmal tief durch, dann eilte er nach Hause in die Concordia, wo er mit Adam und einigen anderen Verbindungsmitgliedern Frau Käthes Sonntagsbraten genießen würde.

*

„Steht schon fest, wann du zu deiner Familie fährst, Adam?", fragte Carl.

„Am 21. oder 22. Dezember, denke ich." Adam füllte sich eine zweite Portion Rotkohl auf den Teller. „Ist das zu spät?"

„Nein, nein", beruhigte ihn Carl. „Meine Schwester kommt erst am 22., das passt also gut. Ich bin dir auf jeden Fall sehr dankbar, dass Lisbeth dein Zimmer nutzen kann und so ihre Privatsphäre hat."

„Dann ist dein Schwager also tatsächlich nicht rechtzeitig zu Weihnachten zurück?"

Carl schüttelte den Kopf und schluckte ein Stück Braten hinunter. „Sieht nicht so aus. Die Reederei hat gekabelt, dass das Schiff erst später als geplant ablegen konnte. Ich hoffe, er kommt zumindest noch in diesem Jahr wieder an. Immerhin scheint er seine Handelsbeziehungen in Kamerun erfolgreich ausgebaut zu haben."

„Aber die eigene Frau in diesem Zustand alleine zu lassen …"

„Das Kind soll erst im neuen Jahr kommen. Und Lisbeth geht es gut, sie freut sich schon auf die Zugfahrt und die Ablenkung hier. Sie ist nicht sehr glücklich darüber, dass Georg sich dagegen entschieden hat, in Vaters Haus zu ziehen."

„Nun, immerhin seid ihr beiden am Heiligen Abend zusammen", sagte Adam und hob seinen Teller. „Frau Käthe, gibt es noch Klöße?"

16

Rosa war ziemlich nervös, nachdem Carl sie an der Haustür abgeliefert hatte. Es war plötzlich so harmonisch zwischen ihnen gewesen. Nur traute Rosa dem Braten nicht recht. Was genau hielt Carl Wingert von ihr, der Studentin? Auf was ließ sie sich ein, wenn sie einem Spaziergang zustimmte? So sehr er ihr Herz in Aufruhr brachte, so sehr sie sich wünschte, in seiner Nähe zu sein, wollte sie dennoch keinerlei Abstriche machen, was ihre eigene Laufbahn anging. Rosa hatte arg dafür kämpfen müssen, dass sie studieren konnte. Ohne Hermines Hilfe würde sie jetzt vermutlich in irgendeinem ostfriesischen Herrenhaus die Gouvernante spielen und einen Mann heiraten, den ihre Eltern für sie als passend erachteten. Würde ein Mann wie Carl von ihr verlangen, das Studium aufzugeben? Rosa hatte Angst vor ihren eigenen Gefühlen, die immer wieder an die Oberfläche kamen, wenn sie ihm begegnete. Aber sie wollte sich auf keinen Fall an einen Mann verlieren, der ihr Studium nicht respektierte.

„Nun, Rosa van der Bloom. Noch hat er wohl kaum in Erwägung gezogen, dich zu heiraten. Er will lediglich mit dir spazieren gehen, das ist dann doch ein gewaltiger Unterschied."

„Stimmt, du denkst mal wieder zu viel."

„Wie recht du hast. Das hat er ja auch schon festgestellt."

„Nun, besser denken als träumen."

Rosa unterbrach sich und schüttelte vehement den Kopf. Jetzt führte sie schon Selbstgespräche wegen dieses Mannes. Sie bereitete sich in der Küche von Frau Schumann, die glücklicherweise nicht auftauchte, um ein Schwätzchen zu halten, rasch ein kleines Mahl zu und legte sich danach eine halbe Stunde aufs Bett.

Noch immer war sie unschlüssig, ob sie Carls Einladung folgen sollte. „Du bist doch sonst kein Feigling, Rosa!", machte sie sich selbst Mut. „Es ist ein Spaziergang, weiter nichts. Und dabei wird er dir das Studieren schon nicht verbieten wollen." Und wennschon, dachte sie, dann würde er gar nicht so schnell gucken können, wie sie ihn zum Mond schoss. Rosa sprang vom Bett auf und machte sich zurecht.

*

Pünktlich um 15 Uhr klingelte es. Rosa hatte den Hut bereits aufgesetzt und den Mantel angezogen. Sie hüpfte die Treppen jedoch so lautstark hinunter, dass Frau Schumann die Wohnungstür öffnete und ihr missbilligend entgegenschaute. „Geht es auch etwas weniger ungestüm, Fräulein van der Bloom?"

„Ja, entschuldigen Sie bitte!" Rosa lächelte sie freundlich an. Nicht, dass sie ihr jetzt auch noch ein Gespräch aufdrängte!

„Männer müssen immer auf die Frauen warten, das merken Sie sich bitte!" Frau Schumann nagte an ihrer Unterlippe, so als müsse sie erst überlegen, ob sie wirklich sagen konnte, was ihr auf der Seele brannte. Rosa wäre es unhöflich erschienen, jetzt einfach an ihr vorbeizulaufen. Auch wenn es unter ihren Sohlen juckte, weil Carl draußen wartete und vielleicht weiterging, wenn sie nicht kam, wie es abgemacht war.

„Nun, Fräulein van der Bloom. Wir müssen noch über ein paar Verhaltensregeln sprechen."

„Gerne, Frau Schumann. Ich habe nur jetzt gerade eine …"

„Ich weiß, und genau darum geht es. Wenn Sie ihm wichtig sind, wird er schon warten."

„Aber es besteht die Abmachung …"

„Jetzt hören Sie mir erst einmal zu, mein liebes Fräulein. Meinen Sie, es ist mir verborgen geblieben, dass der Student von gegenüber in Ihrer Mansarde war? Er hat Ihnen diese Tanne nach oben geschleppt." Frau Schumann legte die Stirn in Falten angesichts dieser Ungeheuerlichkeit.

„Das ist richtig, aber …" Rosa warf einen Blick durchs Treppenhaus. Leider war die Haustür nicht verglast und so konnte sie nicht sehen, ob Carl noch davorstand. Er hatte zumindest kein zweites Mal geklingelt. Frau Schumann hatte die Hände mittlerweile vor der Brust verschränkt und sich Rosa in den Weg gestellt. „Nun, Fräulein van der Bloom, das ist noch nicht alles. Man hat mir weiterhin zugetragen, dass sie diesem Mann am frühen Morgen am offenen Fenster halbnackt Avancen machen. Das ist nun wirklich die Höhe!"

Rosa sog die Luft scharf ein. „Das stimmt doch gar nicht. Ich habe wegen des Schnees hinausgesehen und er stand zufällig unten."

„Im Nachthemd, Fräulein van der Bloom! Im Nachthemd!" Frau Schumanns Stimme überschlug sich. Rosa senkte verschämt den Blick. Dagegen konnte sie leider nichts sagen.

„Aber das ist ja noch nicht alles!"

Rosa glaubte zu hören, wie sich Schritte auf dem Gehweg entfernten. „Frau Schumann, ich achte zukünftig auf mein Benehmen, versprochen. Aber dürfte ich nun gehen?"

„Nein! Sie hören sich jetzt bitte erst einmal an, was ich zu sagen habe, denn ich bin noch lange nicht fertig." Rosa blieb keine andere Wahl, als zu bleiben. Sie musste sich mit Frau

Schumann gut stellen. So rasch würde sie als alleinstehendes junges Fräulein keine andere Mansarde in Bonn finden. Es war sowieso schon schwer genug gewesen, überhaupt hier unterzukommen. „Was habe ich denn noch verbrochen?", fragte sie schließlich nach.

Frau Schumann begann, schnippisch zu lachen. „Das fragen Sie noch, Kindchen?"

„Ja."

„Fräulein van der Bloom! Sie haben sich von dem Mann im Dunkeln nach Hause tragen lassen. Im Huckepack!"

„Aber das war doch nur, weil ich mir meinen Knöchel verstaucht hatte."

„Davon sieht man nichts mehr, junge Dame. Das haben Sie sich doch nur ausgedacht."

Kurz war Rosa versucht, ihren Rock zu lüften, die Strümpfe herunterzuziehen und Frau Schumann den dicken blauen Fleck am Knöchel zu zeigen, aber das wäre in der momentanen Situation wohl eher kontraproduktiv gewesen.

„Wie soll das überhaupt passiert sein?"

Rosa seufzte. Ihre Lage würde sich mit ihrer nächsten Aussage nicht gerade verbessern. „Ich bin mit dem Fahrrad gestürzt."

„Eine anständige junge Frau fährt kein Fahrrad, das lassen Sie sich mal gesagt sein", fuhr Frau Schumann sie an. „Ich wusste schon, warum ich Vorbehalte dagegen hatte, an eine Studentin zu vermieten."

„Ich werde mich bessern!", rief Rosa, knickste und hüpfte den letzten Treppenabsatz hinunter. „Versprochen, liebe Frau Schumann!"

„Das will ich doch hoffen, Fräulein van der Bloom! Und wie ich das hoffe! Bislang sieht man ja nichts davon."

Rosa riss die Tür auf, aber wie erwartet war die Straße leer. Nichtsdestotrotz brauchte Rosa nach dem Gespräch mit ihrer Vermieterin erst einmal frische Luft. Sie war aber auch zu ungeschickt! Warum war sie überhaupt in diese prekären Situationen hineingeraten? Gut, dass Frau Schumann nichts von den schmutzigen und zerrissenen Säumen und ihrem verdreckten Gesicht mitbekommen hatte. Rosa lief mit gesenktem Kopf los. Sie musste erst einmal ihre Gefühle ordnen.

„Rosa, sind Sie das?" Von der anderen Straßenseite rief Amelie Freytag herüber und riss Rosa aus ihren trüben Gedanken. Sie ging über die Straße, um ein paar Worte mit der Schwester des Kantors zu wechseln. „Oh, wie nett, Sie zu treffen. Machen Sie auch einen Sonntagsspaziergang?"

„Ja, auch wenn das Wetter schlecht ist. Ich hätte Herrn Wingert an Ihrer Seite vermutet", sagte Amelie spitz.

„Uns ist etwas dazwischengeraten", murmelte Rosa.

„Nun, ich möchte Sie vor ihm warnen. Er hat auch mir den Hof gemacht. Sehr charmant, der Schwerenöter. Und mir ist zu Ohren gekommen, dass er über Weihnachten Damenbesuch erwartet. Die junge Frau wird in das Zimmer eines Kommilitonen ziehen."

Rosa lächelte Amelie schief an. „Woher wissen Sie das?"

„Eines der Dienstmädchen der Concordia ist Gemeindemitglied und wir kamen ins Gespräch."

Rosa schluckte schwer, wandte sich dann aber mit einem stummen Kopfnicken zum Gehen. Also war Carl doch so ein Hallodri, wie sie von Beginn an befürchtet hatte.

# 17

Sie war nicht gekommen. Carl schlug den Weg zum Rhein ein. Den Weg, den er mit ihr hatte gehen wollen. Es war windig geworden. Gut so. Der Wind konnte ihm die Flausen aus dem Kopf pusten. Wie hatte er denken können, dass Rosa van der Bloom sich für ihn interessierte? Nur weil sie miteinander musiziert und ausnahmsweise mal nicht gestritten hatten? Sicher saß sie jetzt gemütlich bei einer Tasse ihres geliebten ostfriesischen Tees und las diese Publikation von Dr. Edenhuizen, von der sie gesprochen hatte. Oder sie schrieb ihrer Familie.

Lebten ihre Mutter und der Vater noch? Hatte sie Geschwister? Onkel, Tanten, weitere Verwandte? Er stellte sich vor, dass sie aus einer großen Familie kam. Anders als er. Er hatte nur noch Lisbeth. Natürlich waren da noch seine Freunde, Adam und Heinrich, und noch ein paar andere Studenten hier und zu Hause in Köln, aber die beginnende Freundschaft mit Rosa van der Bloom war anders gewesen. Rosa war nicht nur hübsch, sie strahlte Ruhe und Zuverlässigkeit aus – wie ein warmer Ofen in einer kalten Nacht.

Carl lachte laut auf. Diesen Vergleich behielt er besser für sich, sie würde das Kompliment wahrscheinlich völlig falsch verstehen und sich beleidigt fühlen. Er hatte nun den Rhein erreicht und blieb stehen, um auf das Wasser zu blicken. Ein Schleppschiff mit drei Kähnen fuhr flussabwärts, die rot-weiß-blaue Flagge der Niederlande wehte im Wind.

Warum konnte er nicht aufhören, an sie zu denken? Weil sie ungewöhnlicherweise seinem Charme nicht erlegen war und ihm einen Korb gegeben hatte? Nun gut, er hatte verstanden. Er würde die Kommunikation in Zukunft auf das Notwendigste beschränken. Sie war ohnehin wunderlich, allein schon ihre Vorstellung, eines Tages als Frauenärztin zu praktizieren, statt sich einen Mann und Kinder zu wünschen!

Carl nahm die Mütze ab und ließ den kalten Wind sein Haar zerzausen. Ja, er würde jetzt nach Hause gehen, sich auf sein Studium konzentrieren und nicht weiter über Rosa van der Bloom nachdenken.

*

Tatsächlich fiel es ihm weniger schwer als erwartet, sich auf die Lehrbücher zu konzentrieren. Glücklicherweise ging das Fenster seines Zimmers ohnehin nach hinten hinaus, sodass ihn der Lichtschein aus Rosas Mansarde nicht ablenken konnte. Das Musikzimmer, von dem aus er einen guten Blick auf die gegenüberliegenden Häuser hatte, mied er allerdings.

Bis zum Abendessen hatte er ein ganzes Kapitel studiert, eine Liste lateinischer Begriffe auswendig gelernt und fühlte sich deutlich besser. Den Abend verbrachte er mit einer Gruppe Verbindungsstudenten diskutierend im Salon der Concordia, den Rücken zum Fenster. Heinrich hatte zum allgemeinen Probieren einige Flaschen eines neuen Bieres mitgebracht, ein helles, obergäriges aus der Brauerei Sünner, das sich sehr gut trinken ließ und Carl besser schmeckte als das trübe und ungefilterte Wieß aus der Hausbrauerei, die ihnen sonst das Bier lieferte.

Mit angenehmer Bettschwere zog er sich schließlich zurück, zufrieden mit dem Ausklang des Tages. Auf die morgige Vorlesung war er bestens vorbereitet, ein neues und sehr befriedigendes Gefühl. Es war doch die richtige Entscheidung gewesen,

Medizin zu studieren, auch wenn er so lange damit gehadert hatte. Doch je mehr er über die Funktionen der inneren Organe und des Bewegungsapparats lernte, desto mehr faszinierte ihn dieses Wissen. Kein Wunder, dass Rosa van der Bloom …

Halt! Er wollte doch nicht mehr an sie denken! Stattdessen sollte er sich lieber überlegen, was er Lisbeth zu Weihnachten schenken konnte. Er hatte bereits vor einigen Wochen einen Gedichtband von Rainer Maria Rilke erstanden, darüber würde sie sich gewiss freuen, sie liebte Poesie. Und dazu? Vielleicht ein Paar Ohrringe? Oder besser ein wärmendes Tuch? Oder beides? Er zog sich aus, ging zu Bett und löschte das Licht. Morgen würde er die Geschäfte der Innenstadt aufsuchen. Lisbeth sollte ein wunderschönes Weihnachtsfest mit vielen Geschenken haben!

*

Es gelang Carl am folgenden Tag auch in den Vorlesungen, seine Gedanken auf die Medizin zu richten und sich nicht nach Rosa van der Bloom umzusehen. Zufrieden mit sich betrat er schließlich den kleinen Juwelierladen, der in der Auslage neben pompösem Goldschmuck auch mehrere Paare filigrane Jugendstil-Ohrringe zeigte. Die Auswahl fiel ihm schwer. Am besten gefielen ihm hängende Ohrringe mit einem kleinen Edelstein in Silber gefasst und einer tropfenförmigen Perle als Abschluss. Doch welche Farbe sollte er wählen?

„Ich denke, diese hier mit den Amethysten“, sagte der Juwelier und legte ihm ein weiteres Paar auf die dunkelrote Samtplatte, „dürften jeder Dame zur Zier gereichen.“

Tatsächlich waren die Ohrringe wunderschön. Carl zögerte.

„Vielleicht können Sie mir verraten, welche Kleiderfarbe die Dame gerne trägt“, erkundigte sich der Juwelier.

„Derzeit ist sie noch in Trauer wegen unseres Vaters. Aber deshalb muss ich ja nicht unbedingt Trauerschmuck wählen.“

„Ganz recht, der Herr, ganz recht. Vielleicht etwas Passendes zur Augenfarbe?“ Aus einer Schublade unter dem Verkaufstresen holte der Juwelier ein weiteres Paar Ohrringe hervor. „Diese dunklen Aquamarine zum Beispiel?“

Rosa, schoss es Carl durch den Kopf. Das war genau ihre Augenfarbe. Er atmete tief durch und schüttelte den Kopf. „Meine Schwester hat grüne Augen mit etwas Braun darin.“

„Ah, dann schauen wir doch noch einmal …“ Wieder holte der Juwelier ein neues Paar Ohrringe aus der Schublade. Es sah dem anderen sehr ähnlich, doch die Steine waren von einem gelblichen Grün. „Vielleicht dieser Peridot?“

„Ja, ich denke, das sind sie“, sagte Carl entschieden, konnte jedoch nicht verhindern, dass sein Blick noch einmal zu dem Paar mit den Aquamarinen schweifte.

Das blieb dem Juwelier nicht verborgen. „Sehr gerne. Aber falls Sie sich ein wenig unsicher sind, ob die Dame nicht doch die anderen Ohrringe bevorzugen würde, hätte ich einen Vorschlag. Warum nehmen Sie nicht beide Paare und lassen die Dame selbst aussuchen? Dann bringen Sie mir nach den Weihnachtstagen zurück, was ihr weniger gefallen hat, und ich erstatte Ihnen den Kaufbetrag.“

Carl grinste unwillkürlich. Der Juwelier rechnete bei einem solchen Angebot sicher damit, dass die aussuchende Dame letztlich beide Paare behalten würde. Aber warum auch nicht, schließlich konnte er sich die Ohrringe leisten. Sollte Lisbeth einfach selbst entscheiden.

„Gut, ich nehme beide", nahm Carl den Vorschlag an und beobachtete, wie der Juwelier den Schmuck eifrig in zwei kleine rote Samtschachteln einpackte. Carl zahlte und steckte die Schachteln in die Innentasche seines Mantels. Zufrieden verließ er das Juweliergeschäft. Nun würde er noch an den Ständen des Weihnachtsmarkts auf dem Münsterplatz schauen, was Lisbeth erfreuen könnte. Und vielleicht fand er ja sogar schon eine Kleinigkeit für seinen künftigen Neffen oder seine kleine Nichte.

18

Rosas Laune war, wie man in Ostfriesland sagte, gräsig. Carl hatte sie in der Vorlesung am Morgen keines Blickes gewürdigt. „Dann eben nicht“, flüsterte sie. „Ich will ohnehin keine von vielen sein!“ Und doch bohrte das traurige Gefühl in ihr.

Am späten Nachmittag beschloss Rosa, sich auf den Weg zum Weihnachtsmarkt zu machen. Dort konnte sie endlich die letzten Geschenke erstehen. Wenn sie das Paket nach Ostfriesland nicht bis morgen aufgab, würde es nicht mehr rechtzeitig zum Fest ankommen. Es fehlten noch die Gaben für ihre Eltern. Und vielleicht noch eine Kleinigkeit für ihre sechsjährige Nichte, die sicher traurig sein würde, wenn für sie nichts im Paket zu finden war. Rosa zog sich den warmen Mantel an. Auch wenn es leider nicht mehr schneite, war es unangenehm kalt. Heute schlich sie die Treppen hinunter, um zu vermeiden, dass ihre Vermieterin gleich wieder im Hausflur stand und sich weitere Maßregelungen einfallen ließ. Es gelang Rosa, ungehindert das Haus zu verlassen.

Kaum hatte sie den Weihnachtsmarkt erreicht, wurde sie von hinten angestoßen. „Oh, der süße Blaustrumpf, der sich für die schlechte Laune meines Freundes verantwortlich zeigt!“

Rosa fuhr herum, als sie Heinrichs Stimme erkannte. „Ik heb Schnut ful, nu is dat genoog!“, fauchte sie ihn an. „Ik will blot inkopen!“

„Was sagt das junge Fräulein?“

Rosa war kurz vorm Platzen. „Ik bruk kien Keerl anne Hacken!“, blaffte sie Heinrich an, der augenblicklich zurückwich. „Gar keinen!“, verfiel Rosa sofort wieder ins Hochdeutsche. Sie strafte Heinrich mit einem vernichtenden Blick und stolzierte mit hocherhobenem Kopf von dannen. Komischerweise ging es Rosa nach ihrem Ausbruch besser und sie freute sich auf ihren Weihnachtseinkauf.

An der Seite des Münsters spielte ein Drehorgelmann gerade das „Ave Maria". Rosa erfreute sich an den vielen Lichtern und Gerüchen, die sie in der kleinen Budenstadt umgaben. Rechts stand der Maronimann, links gab es Räuchermännchen aus dem Erzgebirge. Sie näherte sich dem Stand und fand auf Anhieb eins, das ihrem Vater gefallen würde. Er konnte es zu Hause auf den Kaminsims stellen und an sie denken. Sie kaufte das Räuchermännchen und lief weiter. Dabei rieb sie sich die Oberarme, es war wieder empfindlich kalt geworden. Später würde es bestimmt glatt werden, denn es war, wie es war: Sie konnte den Frost förmlich riechen.

Mittlerweile plagte Rosa der Hunger und da die Bratwurst am Stand auf der anderen Seite so köstlich duftete, bestellte sie eine. Während sie aß, sah sie sich weiter um. Die Gänge zwischen den Buden waren voller Menschen. Sie schoben sich dicht an dicht an den Auslagen vorbei. Ein kleines Mädchen bettelte um eine Strickmütze, ein anderes quengelte am Stand mit der Glaskunst. Dorthin zog es Rosa auch noch. Bestimmt fand sich etwas für ihre Mutter, die es liebte, überall in der Wohnung kleine bunte Figuren zu platzieren.

Sobald Rosa an den Stand trat, fiel ihr ein knallrotes Reh ins Auge, das so filigran gearbeitet war, dass sie es am liebsten selbst besitzen wollte. „Schließlich werde ich an Weihnachten keine Familie an meiner Seite haben und so kann ich mir auch eine Kleinigkeit gönnen, um etwas Weihnachtsstimmung in die Wohnung zu holen." Rosa überlegte nicht lange und kaufte das Reh. Für ihre Mutter erstand sie einen grünen Vogel und für ihre kleine Nichte ein entzückendes Pferdchen.

„Fräulein van der Bloom, Sie machen auch Weihnachtseinkäufe?"

Carl, das war Carl Wingert. Nun sprach er doch wieder mit ihr. Und wie immer blitzten seine Augen schelmisch.

„Das mache ich. Und wie mir zu Ohren gekommen ist, müssen Sie bei Ihren Geschenken achtgeben, nichts zu verwechseln."

Irrte Rosa oder schaute Carl sie verständnislos an?

„Ich verstehe nicht recht …"

Rosa lächelte süffisant. „Nun, Sie werden ja etliche Damen zu beschenken haben und jede hat vermutlich ihre eigenen Ansprüche. Und wie unangenehm wäre es, wenn Sie da etwas vertauschen würden!" Rosa kicherte albern und verstaute ihre drei Figuren in der Tasche. „Ich wünsche Ihnen noch einen wunderbaren Tag."

„Moment!", hörte sie Carl rufen, als sie sich durch den Menschenstrom zu den Krippenfiguren weitergeschoben hatte. Sie blieb stehen. Verdammt, sie durfte sich von diesem Schürzenjäger nicht einwickeln lassen! Sie, Rosa van der Bloom, wollte keine seiner leichten Eroberungen sein. Dennoch rührte sie sich nicht vom Fleck, bis er bei ihr angelangt war.

„Was möchten Sie mir denn so dringend mitteilen, Herr Wingert?"

„Ich muss zu Weihnachten nicht viele Damen beschenken! Was reden Sie?"

„Fräulein Freytag hat ein wenig aus dem Nähkästchen geplaudert, Herr Wingert! Ich weiß, dass Sie zusammen einen wunderbaren Abend hatten und Ihnen durchaus mehr im Sinn steht. Das bleibt Ihnen auch unbenommen, nur halten Sie mich bitte da raus. Ich möchte Ärztin werden, darf zukünftig an der Klinik bei den Geburten dabei sein. Folglich hebb ik keen Tied." Sie wurde rot und verbesserte sich rasch. „Also, ich bin zeitlich ausgebucht, habe keine Zeit für Spielchen."

Carl sah sie kopfschüttelnd an. „Fräulein van der Bloom. Ich weiß nicht, was genau Fräulein Freytag zu Ihnen gesagt hat, aber mir liegt nichts ferner, als ihr den Hof zu machen. Wir waren in der Concordia zum Konzert, weil Sie nicht mitkommen wollten. Danach habe ich Fräulein Freytag, wie es sich gehört, nach Hause begleitet." Carl fasste Rosa am Arm. „Wo wir uns dann ja begegnet sind." Er ließ sie abrupt los. „Wissen Sie was? Weil Sie mich versetzt haben, wollte ich eigentlich nur noch das Nötigste mit Ihnen sprechen. Und was tue ich jetzt? Ich verteidige mich vor Ihnen!"

„Ich habe Sie nicht absichtlich versetzt", flüsterte Rosa und war dem Mann, der sie anrempelte und deshalb kurz gegen Carls Brust drückte, unendlich dankbar.

„Wie kann man jemanden nicht absichtlich versetzen?" Carl schüttelte den Kopf. „Kommen Sie, Krippenfiguren können Sie auch ein anderes Mal kaufen. Wir gehen dort hinüber, wo es etwas ruhiger ist. Da gibt es Glühwein."

Rosa folgte Carl wie von einer unsichtbaren Leine gezogen. Kaum saßen sie nebeneinander, erklärte sie ihm, warum ihre Verabredung zum Spaziergang am Vortag geplatzt war. Carl zeigte sich versöhnlich und bestellte den Wein, der Rosa bald zu Kopf stieg, auch wenn er angenehm wärmte.

„Und Sie verehren Amelie Freytag nicht? Und auch keine andere Frau?“, hakte sie nach und wunderte sich über ihren Mut.

Carl legte seine Hand auf die ihre. „Das kann ich so nicht sagen, weil es eine Frau gibt, die ich sehr wohl verehre. Sie sitzt gerade neben mir.“

Rosas Herz klopfte merklich schneller. „Heißt das, Sie wollen mich von nun an öfter sehen?“

„Ja, das heißt das.“ Carl hauchte Rosa einen Kuss auf die Wange. In diesem Augenblick begann es wieder zu schneien.

„Wat moi!“, flüsterte Rosa und wischte sich die Flocken vom Gesicht. „Das ist wunderschön.“

„Ja, Liebes!“ Carl griff in seine Manteltasche und holte ein Taschentuch heraus, das er Rosa reichte. Dabei fiel ihm ein Päckchen zu Boden und gleich darauf ein zweites. Rosa bückte sich und wollte sie aufheben. Die Kästchen waren aufgesprungen und enthielten wunderschöne Ohrringe. Ein Paar hatte einen blauen Stein, das andere einen grünen. Sie hob beide Schachteln vom Boden auf und sah Carl an. „Zwei?“ Ihre Stimme brach. „Also doch!“

19

Bevor er etwas sagen konnte, wandte Rosa den Blick ab, stellte die beiden Schmuckkästchen mit zitternden Händen auf den Tisch und griff nach ihrer Tasche.

„Aber …“ Carl zog die Brauen hoch. Was war denn plötzlich los mit ihr?

„Auf Wiedersehen, Herr Wingert“, sagte sie kühl und eilte davon.

Carl sprang auf, um ihr nachzulaufen, doch der Wirt der Glühweinbude warf ihm einen solch misstrauischen Blick zu, dass er sich beeilte, sein Portemonnaie herauszuziehen und die Zeche zu begleichen, bevor er die Schmuckkästchen wieder einsteckte und eilig den Weihnachtsmarkt verließ. Er hoffte, Rosa auf dem Nachhauseweg einzuholen. Er musste mit ihr reden! Was war nur in sie gefahren? Eben noch hatten ihre klaren blauen Augen ihn angestrahlt und sie hatte die Berührung ihrer beider Hände genossen. Dann waren ihm die Kästchen aus der Tasche gefallen, Rosa hatte sie aufgehoben … halt, hatte sie nicht etwas gemurmelt?

Carl beschleunigte seine Schritte, denn Rosa war nirgendwo mehr zu sehen.

„Zwei. Also doch.“ War es möglich, dass sie annahm, er habe die Ohrringe für zwei von ihm verehrte Damen gekauft? War sie am Ende eifersüchtig? Das würde ja bedeuten …“

Unwillkürlich zog sich ein Grinsen über Carls Gesicht. Sie hat sich in dich verliebt, mein Junge, frohlockte er. Verliebt, verliebt, verliebt. Jetzt musste er sie nur noch einholen und alles richtigstellen.

Doch jedes Mal, wenn er hoffnungsvoll um die Ecke bog, wurde er enttäuscht. Von Rosa van der Bloom war keine Spur zu entdecken.

*

Vielleicht war sie weiter einkaufen gegangen oder sie hatte ihre Freundin besucht? Immer noch war kein Licht in ihrem Mansardenfenster zu sehen. Carl hatte sich mit einem der Lehrbücher in den Übungsraum zurückgezogen, von dem aus er Rosas Fenster im Blick behalten konnte. Er begann, sich Sorgen zu machen. Seit seiner Rückkehr waren Stunden vergangen, längst war es dunkel, aber Rosa war nicht nach Hause zurückgekehrt.

In Carls Sorge mischte sich inzwischen auch ein wenig Ärger. Wie kam diese Frau dazu, ihn immer wieder vor den Kopf zu stoßen? Ihm vorzuwerfen, Amelie Freytag hofiert zu haben! Nun ja, nach Rosas Zurückweisung hatte er sich schon überlegt, ob Amelie nicht besser zu ihm passen würde, aber so nett ihre Begleitung beim Konzert gewesen war, sie hatte sein Herz nicht schneller schlagen lassen. Und von welchen anderen Frauen hatte sie gesprochen? Carl schüttelte den Kopf und setzte sich ans Klavier. Leise begann er, ein wenig Chopin zu spielen. Chopin hatte auf ihn immer eine beruhigende Wirkung und die konnte er gerade wirklich gebrauchen.

„Ah, hier bist du."

Carl zuckte zusammen und ein dissonanter Akkord blieb im Raum stehen.

„Ich wollte mich verabschieden", sagte Adam und trat ins Zimmer.

„Nimmst du also doch den Nachtzug?" Carl stand auf, um ihm entgegenzugehen.

„Ja, dann habe ich morgen noch etwas mehr Zeit für meine Familie und das Hausmädchen kann in Ruhe das Zimmer für deine Schwester vorbereiten. Nur schade, dass ich sie so nicht kennenlernen werde."

„Ich werde sie von dir grüßen, wenn's recht ist."

„Natürlich ist mir das recht. Komm her, mein Freund." Adam griff nach seiner Hand. Mit der linken klopfte er Carl kräftig auf die Schulter. „Frohe Weihnachten – wir sehen uns dann im neuen Jahr!"

„Frohe Weihnachten auch dir und deiner Familie."

Mit einer herzlichen Umarmung verabschiedeten sich die Freunde. Auf seinem Weg zurück zum Klavier fiel Carls Blick durch das Fenster auf Rosas Mansarde, in der nun endlich Licht brannte. Er atmete auf; sie war also sicher nach Hause gekommen.

*

Zur Ankunft von Lisbeth schien die Sonne. Carl war zum Bahnhof spaziert, um seine Schwester schon dort in Empfang zu nehmen. Für den Rückweg zur Concordia würde er ein Motortaxi mieten, damit Lisbeth sich nicht übernahm. Die Wartesäle der ersten, zweiten und dritten Klasse waren recht voll, zu den bevorstehenden Feiertagen wollten zahlreiche Menschen ihre Familien besuchen. Nur der Warteraum, der am Südende des Bahnhofs extra für die studierenden Prinzen eingerichtet worden war, war leer und geschlossen. Carl organisierte einen Kofferträger und warf einen Blick auf die Bahnhofsuhr. Noch zwei Minuten!

Endlich fuhr der Zug aus Köln ein. Und da vorne war auch schon Lisbeth in einem weiten dunkelbraunen Kapuzencape und ließ sich aus dem Zug helfen. Carl gab dem Kofferträger ein Zeichen und dieser folgte ihm zum Waggon.

„Calli!", rief Lisbeth und eilte ihm entgegen.

„Holla! Mach mal langsam!" Carl schloss seine Schwester vorsichtig in die Arme.

Lisbeth lachte. „Ich bin doch nicht krank", sagte sie und drückte ihn fest. Dann löste sie sich von ihm, sah sich um und fragte: „In welche Richtung müssen wir gehen?"

„Nur ein paar Schritte, da steht ein Motortaxi."

Lisbeth runzelte die Stirn.

„Ich dachte, wir machen noch eine kleine Fahrt durch die Südstadt", sagte Carl schnell. „Ich möchte dir doch alles zeigen."

Lisbeths Stirn glättete sich wieder. „Gerne. Und unterwegs kannst du mir ein wenig mehr von dir erzählen. Du hast in einem Brief erwähnt, dass auch eine Frau mit dir Medizin studiert?"

Carl half ihr in das Motortaxi. „Ja, ja, ich berichte gleich", sagte er und beaufsichtigte den Kofferträger und den Taxifahrer, die Lisbeths umfangreiches Gepäck in das Automobil luden. Er steckte dem Träger einen großzügigen Schein zu und stieg dann ebenfalls ein. Dem Fahrer gab er die Adresse und bat ihn, noch ein wenig durch die Poppelsdorfer Allee und die schönen Straßen der Südstadt mit ihren prunkvollen Neubauten zu fahren. Lisbeth blickte aufmerksam durch die Fenster und wies Carl immer wieder einmal auf ein Detail einer Hausfassade hin, das ihr gefiel. Dabei plapperte sie über allerlei Nichtigkeiten und Carl wurde warm ums Herz. Lisbeth verstand es wunderbar, eine entspannte Atmosphäre zu schaffen. Sie hatte offenbar seine Zurückhaltung beim Thema Studentin gespürt und die Befragung, der sie ihn sicherlich noch aussetzen würde, auf später verschoben. Schließlich hielten sie vor der Concordia. Mit etwas Mühe stieg Lisbeth aus und wartete, bis Carl den Fahrer bezahlt und das Gepäck entgegengenommen hatte.

„Hübsch hast du's hier. Ich hätte nie gedacht, dass ich als Frau einmal in einem Haus einer Studentenverbindung wohnen würde."

„Das ist sonst auch nicht so einfach", erklärte Carl und stellte die beiden Koffer in den Vorgarten. Dann reichte er seiner Schwester den Arm. „Aber dies sind eben alles besondere Umstände …"

„Wärst du nach Köln gekommen, wenn ich mich nicht bei dir eingeladen hätte?", fragte Lisbeth. „Sei ehrlich!"

Carl holte den Schlüssel aus seiner Manteltasche und schloss die Haustür auf. „Nein. Ich werde das Haus deines Mannes nicht wieder betreten, das weißt du!"

Lisbeth drehte sich zu ihm um, legte ihre Hand an seine Wange und stellte sich auf die Zehenspitzen, um ihm einen Kuss zu geben. „Dann wärst du an Weihnachten ja ganz alleine gewesen", sagte sie leise. „So hat seine Verspätung doch etwas Gutes!"

Er antwortete nicht, sondern legte nur den Arm um ihre Schultern und führte sie ins Haus.

# 20

Rosa ging es hundsmiserabel und sie überlegte, die Generalprobe am Spätnachmittag abzusagen. Aber das war unmöglich. Ihr Kopf schmerzte, sie hatte sich bereits Minze auf die Schläfen massiert. Nur wurde es auch damit nicht besser. In ihrem Kopf hämmerte nur ein Name: Carl Wingert.

Gestern nach dem Zusammentreffen mit ihm war sie noch zu Hermine gelaufen. Das hatte Rosa abgelenkt, denn Hermine war eine grandiose Lehrmeisterin und so hatten sie bis zum Abend über Schwangerschaften und Geburten debattiert. Rosa hatte ihr Studium in der letzten Zeit Carls wegen oft schleifen lassen, weil er ihre Gedanken besetzt hatte. Damit musste nun Schluss sein! Es war nur nicht leicht, sich das vorzunehmen und es zugleich mit ihrem Herzen in Einklang zu bringen – denn das schlug in seinem eigenen Takt, ob sie wollte oder nicht.

Ja, es schmerzte, dass er für sie nicht das empfand, was sie fühlte. Und es tat verdammt weh, dass er seinen Charme offenbar an viele andere junge Damen verschenkte. Zu allem Überfluss hatte sie gestern Abend, als sie die Gardinen zuziehen wollte, auch noch gesehen, wie er mit einer jungen Frau im Arm in die Concordia gegangen war. Sie hatte die Frau zwar nur von hinten gesehen, aber trotzdem glaubte sie zu wissen, wie schön sie war. Es stimmte wohl alles, was Amelie Freytag behauptet hatte. Vermutlich war das die Frau, die über Weihnachten bei ihm wohnen sollte. Dann war er womöglich bereits verheiratet oder zumindest verlobt!

„Ich gehe dennoch zur Probe", beschloss Rosa nach einem zähen Kampf mit sich selbst. Der Kopf würde schon noch aufhören zu schmerzen. „Ich beachte Carl einfach nicht, aber singen werde ich. Wunderbar singen! Das tut mir nämlich gut." Sie nahm den Hut von der Kommode. Carl Wingert würde ihr nicht das Weihnachtsfest verderben. Sie würde morgen, am vierten Advent, in die Kirche gehen und die Bach-Kantate genießen. Sie würde weiterhin versuchen, mit den anderen Sängerinnen und Sängern der Kantorei Freundschaft zu schließen. Und sie würde am Heiligen Abend die Zuhörer mit ihrer Stimme verzaubern, so, wie man es von ihr erwartete.

Was interessierte sie Carl Wingert, der so ungehobelte Kerle wie diesen Heinrich zum Freund hatte? Was scherte es sie, wenn er allen hübschen jungen Frauen den Hof machte, obwohl er zumindest verlobt war. Die junge Frau, die ihn besuchte, tat ihr leid. Ob sie von seinen Eskapaden wusste?

„Ist auch schietegal. Dat geiht mi am Mors vörbi!", flüsterte Rosa, während sie den Hut feststeckte. Dabei kam ihr eine Idee. Sie setzte den Hut wieder ab, ging zu ihrem Schrank und zog sich ein anderes Kleid an. Eines, das sie hübscher fand. Der blau gemusterte Atlasstoff umspielte ihre Figur besser. Und er tat etwas, was sie an sich mochte: Er hob das klare und dunkle Blau ihrer Augen hervor.

Eigentlich war das Kleid ein wenig zu elegant, aber sie wollte so gestärkt um ihrer selbst willen Carl gegenübertreten. Und was half einer Frau dabei mehr als vorteilhafte Kleidung? Rosa drehte sich vor dem Spiegel und war mit ihrer Wahl zufrieden. Heute saß sogar die Frisur; sie hatte die Seiten zu Schnecken geflochten. Rosa steckte den Hut erneut fest, der Pony lugte frech unter der Krempe hervor. Bevor sie nach dem Wintermantel griff, tupfte sie sich noch ein paar Tropfen Parfüm auf den Hals. Jetzt, ja, jetzt freute sie sich auf die Probe.

Frau Schumann stand schon wieder im Hausflur und verzog das Gesicht, als Rosa an ihr vorbeihuschte. „Heute mit Duft, junges Fräulein? Ich rieche Rosen!“

Rosa lächelte zufrieden. „Ja, so heiße ich ja auch, Frau Schumann!“ Sie winkte der Vermieterin freundlich zu und huschte auf die Straße.

*

Rosa kam als Letzte in der Kirche an, die anderen waren schon dabei, sich einzusingen. „Rosa Sofa sonderbar“, tönte ihr entgegen und Rosa musste unwillkürlich lächeln, als der Chor diesen lustigen Satz in den verschiedenen Oktaven als Übung sang. Überall heute Rosen und Rosa. Sie würde Carl schon zeigen, wie egal er ihr war. „De Kanal is full!“ Rosa legte ihren Mantel auf die Bank und sah, dass die junge Frau, die Carl gestern begleitet hatte, in der zweiten Reihe rechts saß. Er ließ auch nichts aus, um sie zu demütigen! Rosa grüßte kurz und stellte sich rasch zum Chor. Herr Freytag, dessen Arm in einer Schlinge hing, lächelte Rosa an und wandte sich gleich wieder an den Chor: „Nun geht es weiter. Wir kürzen das Wort Apotheke. Erst zusammen, dann im Kanon. Also: Apotheke, Potheke, theke, eke, e!“

Nach den Einsingübungen kam Herr Freytag auf Rosa zu. „Sie waren ja etwas verspätet, da will ich Sie kurz über den Ablauf aufklären. Wir machen erst die Chorprobe, dann üben wir Ihre Soli für die Christvesper. Wir werden, denke ich, heute gut durchkommen, so gut wie es schon beim letzten Mal gelaufen ist.“

Rosa nickte und warf einen heimlichen Blick zu Carl hinüber, der aber mit dem Harmonium beschäftigt war. Dann sah sie zu der jungen Frau, die ihn regelrecht anzuhimmeln schien. Ihre Augen leuchteten jedes Mal auf, wenn sie Carl ansah. Und schließlich erhaschte Rosa einen Blick, den er der Frau zuwarf. Ihr Herz krampfte sich zusammen. „Egal, Rosa, es interessiert dich nicht!“, flüsterte sie.

„Ist was?“, fragte Amelie, die sich neben sie gestellt hatte.

Rosa zuckte zusammen. „Oh nein. Ich bin nur meinen Text durchgegangen.“ Amelie wies mit dem Kopf auf die Fremde in der zweiten Reihe. „Hab ich Ihnen ja gesagt!“

*

Nach der Probe wollte Rosa so rasch es ging verschwinden. Hermine hatte ihr noch Unterlagen über einen vorzeitigen Blasensprung und die Anzeichen der beginnenden Geburt mitgegeben, die sie dringend zu studieren beabsichtigte. Aber Carls Besucherin stellte sich ihr in den Weg. „Guten Tag. Sie müssen Fräulein van der Bloom sein!“ Sie war schwanger! Carl wurde Vater! Auch das noch! Rosa musste sich zusammenreißen, um zu antworten: „Ja, das bin ich. Darf ich Ihren Namen wissen?“

„Entschuldigen Sie, natürlich. Ich bin Lisbeth Mertens. Ich habe schon so viel von Ihnen gehört, Fräulein van der Bloom. Sie studieren auch Medizin? Als Frau?“

„Ja, und ich bin sehr stolz darauf. Leicht war es nicht, das durchzusetzen“, antwortete Rosa wie von selbst.

„Das kann ich mir vorstellen. Ich hoffe, es kommt die Zeit, dass Frauen um solche Selbstverständlichkeiten nicht mehr kämpfen müssen." Rosa betrachtete die junge Frau verwirrt. Wider Erwarten mochte sie sie. „Das hoffe ich auch. Ich habe eine gute Freundin, Hermine Edenhuizen, die mir geholfen hat, den Studienplatz, aber auch meine Mansarde zu ergattern."

„*Die* Hermine Edenhuizen? Die bekannte Frauenärztin? Die Erste, die es geschafft hat?" Lisbeths Augen leuchteten. Überhaupt schien sie ein positiver Mensch mit viel Lebensfreude zu sein. Darin glich sie Carl.

„Ja, genau die Hermine. Ich schätze sie sehr." Rosa machte eine Pause. „Kommen Sie auch aus Bonn?" Das würde die Frohnatur erklären, hier waren ja alle etwas lockerer als im Norden. Wie man an Carls Lebenswandel nur unschwer erkennen konnte.

„Nein, ich lebe mit meinem Mann in Köln."

Rosa zuckte zusammen. „In Köln?", hakte sie nach.

„Ja, ich bin echte Kölnerin durch und durch. Man hat mir das Flusswasser quasi in die Muttermilch getan", lachte Lisbeth.

„Da habt ihr euch ja schon bekannt gemacht." Carl stellte sich zu ihnen. „Wertes Fräulein van der Bloom, darf ich Ihnen meine Schwester Elisabeth vorstellen? Wir werden das Weihnachtsfest gemeinsam verbringen, da mein Schwager noch auf Reisen ist." Er beugte sich zu Rosa hinunter und flüsterte ihr ins Ohr: „Und mit Verlaub: Sie liebt Ohrringe über alles und kann sich nie entscheiden."

21

Carl beobachtete Rosa genau. Seit er vermutete, dass sie eifersüchtig war und mehr für ihn empfand, als sie zugab, war er bester Laune. Tatsächlich weiteten sich ihre Augen nach seinen Worten und ihre Lippen öffneten sich überrascht. Aber sie hatte sich gut in der Gewalt und lächelte Lisbeth direkt zu, ohne ihn anzusehen. „Ich freue mich, Ihre Bekanntschaft zu machen, Frau Mertens", sagte sie und streckte ihre Hand aus.

„Ach, sagen Sie doch Lisbeth zu mir, ich hoffe schließlich sehr, Sie bald noch besser kennenzulernen. Vielleicht dürfen wir Sie in den nächsten Tagen einmal zum Kaffee einladen?" Sie warf Carl einen fragenden Blick zu. „Das geht doch, oder? Vorausgesetzt, dass Sie die Weihnachtstage in Bonn verbringen", fügte sie an Rosa gewandt hinzu.

„Aber selbstverständlich", stimmte Carl zu und lächelte. Was für eine wunderbare Idee!

„Ich werde hier sein", erklärte Rosa. „Die Reise nach Ostfriesland ist doch recht weit und teuer und ich will die freien Tage nutzen, um für mein Studium zu lernen."

„Oh, Sie müssen mir unbedingt davon erzählen!" Lisbeth legte ihre Hand kurz auf Rosas Arm. „Mein Bruder und leider auch mein Gatte denken immer, solche Themen sind nichts für Frauen. Aber wir beide sehen das wohl anders." Sie zwinkerte ihr zu und sah Carl herausfordernd an.

Der schüttelte den Kopf. Jetzt verbündete sich Lisbeth auch noch mit Rosa.

„Es ist nun mal nicht Sache jeder Frau, sich mit wissenschaftlichen Themen zu beschäftigen", sagte er.

„Aber du gibst zu, dass es Ausnahmen von deiner Regel gibt?" Lisbeth hob herausfordernd das Kinn.

„Nun ja …"

„Danke!" Mit einem energischen Nicken wandte sie sich wieder Rosa zu. „Abgemacht? Sie kommen zum Kaffee! Am ersten Weihnachtstag? Gegen vier? Ich werde Frau Käthe Bescheid geben."

Rosa warf Carl einen winzigen Seitenblick zu, bevor sie zusagte.

„Sehr schön." Lisbeth sah zufrieden aus. „Dann würde ich jetzt gerne zurückgehen und mich hinlegen. Meine Kreuzschmerzen sind nach dem langen Sitzen während der Probe doch recht stark geworden."

Carl reichte ihr sofort den Arm und Lisbeth sagte: „Kommen Sie, Rosa – ich darf doch Rosa sagen? Wir haben schließlich denselben Weg, wie ich gehört habe." Gemeinsam machten sie sich auf. Da Lisbeth aufgrund ihres Zustands nicht ganz so beweglich war, wie Carl sie kannte, spazierten sie langsam in Richtung Concordia. Doch in unverminderter Geschwindigkeit sprang seine Schwester in ihrer Unterhaltung mit Rosa von einem Thema zum anderen. Sie zeigte sich angerührt von Rosas Gesang, wechselte zu Fragen über das ferne Ostfriesland und erzählte schließlich, dass ihr Mann seine Geschäftsreise nach Afrika extra so angetreten hatte, dass er zu Weihnachten zurück war.

„Und dann konnte aus irgendeinem unerfindlichen Grund das Schiff nicht wie geplant ablegen." Sie seufzte. „Nun ist nur zu hoffen, dass er zur Geburt des Kindes im Januar wieder zurück ist."

„Daher feiern Sie nun Weihnachten mit Ihrem Bruder?", fragte Rosa. „Aber ist es in der Concordia nicht etwas … Wäre es nicht besser gewesen, Ihr Bruder wäre zu Ihnen gefahren?"

Lisbeth lachte. „Ach nein, dahin wäre er nicht gekommen. Mein Mann und er haben gestritten und Carl hat geschworen, sein Haus nicht mehr zu betreten. Er wäre lieber mutterseelenallein hiergeblieben. Manchmal sind Männer ja so dickköpfig!" Sie schüttelte den Kopf und zwinkerte Rosa zu. Rosa lächelte, wie er mit einem Seitenblick feststellte, und Lisbeth begann erneut, von Köln zu erzählen. So erreichten sie die Concordia.

„Es hat mich sehr gefreut, Sie kennenzulernen", erklärte Lisbeth und reichte Rosa zum Abschied die Hand.

Die ergriff sie und antwortete herzlich: „Mich auch", bevor sie ihm zunickte und dann über die Straße ging.

*

„Du bist also verliebt!", stellte Lisbeth fest, kaum dass sie das Haus betreten hatten.

„Wie kommst du denn darauf?", fragte Carl. „Rosa van der Bloom und mich verbindet nur eine gewisse Freundschaft unter Kommilitonen."

„Ach was." Lisbeth tat seine Worte mit einer großen Geste ab. „Ich hab deine Augen gesehen, wenn du sie anschaust. Und du hast heute nicht einmal mehr auf deinen alten Vorurteilen zur Rolle der Frau bestanden! Gib's zu!"

Carl zuckte mit den Schultern. „Möglich."

Lisbeth kicherte. „Das hast du als Kind auch immer gesagt, wenn du etwas angestellt hattest! ‚Möglich' heißt ‚ja'!"

„Wolltest du dich nicht hinlegen", versuchte Carl, vom Thema abzulenken. Lisbeth nickte. „Ich werde heute auch früh schlafen gehen, damit ich morgen zum Gottesdienst munter bin. Ich möchte zu gerne noch einmal diese Kantate hören und dich am Harmonium sehen!“

*

Der Gottesdienst zum vierten Advent war sehr feierlich und erhebend gewesen. Wie würde erst die Christvesper morgen sein, wenn er Rosa bei ihren Liedern begleitete! Lisbeths wissendes und billigendes Lächeln ließ Carls Herz noch leichter werden. Der Kantor bedankte sich herzlich bei ihm und Amelie Freytag lächelte freundlich, wenn auch etwas distanziert. Lisbeth wartete am Ausgang und plauderte gerade mit dem Pfarrer.

„Ah, da bist du ja endlich“, empfing sie ihn und nahm seinen Arm. Der Pfarrer nickte zum Gruß und wandte sich dann einer schwarz gekleideten Dame zu, um sie zu verabschieden.

„Entschuldige, es hat ein wenig länger gedauert. Doch ich dachte, du würdest dich sicher mit Rosa unterhalten.“ Carl sah sich um. Lisbeth schmunzelte. „Die hatte es heute sehr eilig, sie ist bei Dr. Edenhuizen zum Mittagessen eingeladen. Meinst du, die beiden werden den Braten sezieren oder eher sämtliche Geflügelknochen lateinisch benennen?“ Carl unterdrückte ein Grinsen. Er kannte Hermine Edenhuizen nicht persönlich, aber Rosa war das durchaus zuzutrauen.

Sie spazierten nach Hause. So langsam, wie sie vorankamen, war es doch eine ziemlich lange Strecke bis zur Concordia, die Lisbeth noch mehr erschöpfte als am Vortag. Doch nach einem langen Mittagsschlaf und einer Lesepause war sie munter wie eh und je und verbrachte den Abend mit Carl strickend und plaudernd auf dem großen Sofa im Salon.

„Wieder etwas für das Kleine?“, fragte er und deutete auf die feine weiße Wolle, mit der sie neue Maschen anschlug.

„Noch ein Mützchen“, erklärte Lisbeth, legte das Strickzeug zur Seite und strich mit der linken Hand über ihren Bauch. „Es ist immerhin Winter.“

Carl betrachtete sie liebevoll. Natürlich wusste er über die biologischen Gegebenheiten einer Schwangerschaft Bescheid. Doch sich tatsächlich vorzustellen, dass in dem wohlgerundeten Bauch seiner Schwester ein kleines Menschlein heranwuchs – war das nicht ein Wunder?

Lisbeth stand auf. Plötzlich kniff sie die Lippen fest zusammen und blickte erschrocken auf den Boden. „Entweder ich habe mich nass gemacht“, sagte sie panisch, „oder es ist etwas mit dem Kind.“

Carl schaute sie voller Sorge an. „Ich bringe dich ins Bett und schicke Frau Käthe nach dem Arzt.“ Nur Lisbeth nicht weiter beunruhigen!

„Die ist schon nach Hause gegangen“, flüsterte Lisbeth mit zitternder Stimme. Einen Moment lang ergriff Carl Panik, doch dann gelang es ihm, seine Schwester ruhig in ihr Zimmer zu begleiten. „Ich bin sofort zurück, mach dir keine Sorgen!“

Er nahm immer zwei Treppenstufen auf einmal und eilte aus dem Haus. Gleich um die Ecke gab es doch einen Arzt. Ja, da war sein Schild. Doch das ganze Haus war dunkel und auf sein Klingeln hin öffnete niemand. Was nun? Er musste zurück zu Lisbeth, ihr wenigstens Bescheid sagen, dass er einen anderen Arzt suchen würde. Er eilte um die Ecke nach Hause, da fiel sein Blick auf das erleuchtete Mansardenfenster von Rosa van der Bloom. Rosa!

# 22

Rosa hatte sich in ihrer Mansarde vor dem Ofen in eine Wolldecke eingekuschelt und brütete über den Schriften von Hermine, die sie nach dem gemeinsamen Mittagessen mitgenommen hatte. Sie setzte sich äußerst intensiv damit auseinander, denn wenn sie zukünftig in der Frauenklinik mitarbeiten durfte, war es gut, ein fundiertes Vorwissen zu haben. Zwar hatte Rosa an Hermines Seite schon ein paar Geburten begleiten dürfen, aber bislang hatte sie dabei nur staunend zugesehen. In der Klinik wollte sie sich nicht blamieren, sondern mit ihrem Wissen glänzen. Nicht, dass der Professor sie gleich wieder nach Hause schickte.

„Ich will eine ebenso gute Ärztin werden wie Hermine", flüsterte Rosa. „Und ich möchte, dass die Frauen mir vertrauen." Denn nicht nur das Fachwissen der Freundin beeindruckte Rosa, auch deren Ruhe und Gelassenheit waren Wesenszüge, die sie sehr schätzte. Rosa legte das Buch auf ihre Knie. Ja, genauso wollte sie auch werden. Genauso! Und vielleicht mit Carl an ihrer Seite? „Du Drömel", lachte sie über sich selbst. „Hirngespinste musst du dir für später aufbewahren, Rosa. Jetzt heißt es erst einmal lernen, lernen, lernen." Sie seufzte, nahm das Buch wieder in die Hand und prägte sich alle Anzeichen einer bevorstehenden Geburt gut ein.

Ein Geräusch ließ sie plötzlich zusammenzucken. Da wurde doch etwas gegen die Scheibe ihres Mansardenfensters geworfen! Rosa sah auf die Wanduhr, deren Pendel monoton hin- und herschaukelte. Es war kurz vor zehn. Wieder klackerte es am Fenster. Rosa ging hinüber und öffnete es. Auf dem Gehweg stand Carl. Er gestikulierte wild mit den Armen.

Sie wagte es nicht, laut zu rufen, was er um Himmels willen so spät noch von ihr wollte, aus Angst, Frau Schumann zu wecken. Die würde Zeter und Mordio schreien, wenn sie mitbekäme, dass Rosa um diese Zeit mit einem Herren auf offener Straße kommunizierte. Mittlerweile gelang es Rosa, Carls Gestik zu deuten. Er wollte, dass sie zu ihm nach unten kam.

„Ich habe verstanden!", formte sie lautlos mit den Lippen und bedeutete ihm, dass sie hinunterkommen würde. „Was kann denn jetzt so wichtig sein?", murmelte sie verwirrt und schloss das Fenster. „Ich glaube nicht, dass er mich zu einem romantischen Abendspaziergang abholen möchte. Wenigstens macht er keinen Lärm. Und zum Glück turne ich nicht schon wieder im Nachthemd am offenen Fenster herum." Rosa schlüpfte in ihren Wintermantel und band sich den Schal um. „Dann schauen wir mal, was er von mir will. Wenn er mich um diese Zeit nach unten ruft, muss er einen triftigen Grund haben." Sie griff nach dem Hut, legte ihn dann aber zurück auf die Kommode. Es würde zu viel Zeit kosten, ihn festzustecken, und schließlich hatte sie nicht vor, auszugehen. Leise öffnete sie die Mansardentür und sah sich um, doch im Flur war alles still. Rosa schlich eilig die Treppen hinunter und trat vor die Tür. Ein Schwall kalter Luft wehte ihr entgegen und sie zog den Schal unwillkürlich fester um den Hals.

„Carl?", sprach sie ihn an. Er hatte den Blick auf die Concordia gerichtet, aber jetzt schnellte er herum. Rosa hatte sich nicht getäuscht, ihm stand die Angst auf die Stirn geschrieben.

„Was ist denn los, dass Sie mich mitten in der Nacht auf die Straße zitieren?", hauchte sie und blickte ängstlich die Fassade hinauf. Doch Frau Schumanns Wohnung blieb dunkel.

„Es geht um Lisbeth. Sie glaubt, es ist was mit dem Kind."

„Was hat sie denn?", fragte Rosa.

„Mit Frauensachen kenne ich mich nicht so aus, aber sie sagt, es stimmt was nicht."

„Hast du einen Arzt gerufen?" Rosa wies nach links. „Da um die Ecke hat doch einer seine Praxis." Sie duzte ihn einfach, es blieb keine Zeit für Höflichkeiten.

Carl nickte. „So schlau war ich auch schon, aber der ist nicht da." Er knetete seine Hände und sah regelrecht verzweifelt aus. „Was weiß denn ich, wo ich jetzt eine Hebamme oder jemanden herbekommen soll, der nachsehen kann, ob alles in Ordnung ist! Ich mache mir wirklich Sorgen."

Rosa legte beruhigend ihre Hand auf seinen Arm. „Und da bist du gerade auf *mich* gekommen?"

„Ja, du willst doch Frauenärztin werden und hast dich mit dem Thema Schwangerschaft und Geburt schon deutlich intensiver beschäftigt als ich." Er sah Rosa flehend an. „Kannst du dir das mal ansehen und mit Lisbeth sprechen?"

Rosa klopfte das Herz bis zum Hals. Eine echte Schwangere zu untersuchen war etwas völlig anderes, als darüber gerade noch in den Büchern gelesen zu haben. Aber es war auf jeden Fall besser, wenn Carl von ihrer Unsicherheit nichts merkte.

„Ich sehe mir das kurz an. Bestimmt ist es nichts Schlimmes. Du fürchtest dich sicher, weil du mit Schwangeren kaum Erfahrungen hast."

„Gar keine", gab Carl zerknirscht zu. „Frauenkörper waren für mich Pflicht in der Anatomie und sonst im Studium eher ... unwichtig."

Rosa seufzte. „Komm, Carl, lamentieren hilft jetzt keinem. Gemeinsam werden wir Lisbeth bestimmt helfen können." Sie betraten die Concordia und Rosa war spontan begeistert davon, wie komfortabel es hier im Gegensatz zu ihrer Mansarde war. Carl eilte die Treppen hinauf, Rosa folgte ihm auf den Fersen und kümmerte sich nicht weiter um die Inneneinrichtung. Er stieß im ersten Stock eine Tür auf und wies mit der Hand hinein. „Da ist Lisbeth."

Seine Schwester lag mit zusammengekniffenen Lippen im großen Bett in ihrem Zimmer. Rosa ging zu ihr und zog die Decke weg. Das Laken war klitschnass.

„Vorzeitiger Blasensprung?", fragte Carl an Rosa gerichtet.

„Hast ja doch aufgepasst. Ja, das sieht ganz so aus."

„Und jetzt? Das Kind hat doch noch vier Wochen!"

„Nun nicht mehr", antwortete Rosa kurz. „Mach das Zimmer so warm, wie es geht, und besorge weiche, am besten vorgewärmte Handtücher. Das Kind wird Wärme brauchen." Carl eilte los.

„Hast du schon ein Ziehen im Bauch?", fragte Rosa.

Lisbeth zuckte mit den Schultern. „Nicht richtig, nur ab und zu. Ist das schlimm?" Rosa strich ihr sacht über den Arm. „Dein Kind möchte sich wohl etwas eher auf den Weg machen. Wichtig ist jetzt, dass du liegen bleibst, weil ich nicht weiß, wie tief das Kleine schon liegt. Die Nabelschnur darf nicht vor den Kopf fallen."

Lisbeth legte sich sofort flacher hin. Rosa schob ihr das Kissen so unter den Kopf, dass sie bequem liegen konnte. Lisbeth zitterte. Rosa atmete tief durch. „Kein Grund zur Sorge, das kriegen wir schon hin."

„Wirklich?“ Lisbeths Stimme klang merkwürdig dünn.

Rosa strich ihr übers Haar und bemühte sich, ruhig zu bleiben, während ihre Gedanken wild tanzten. Sie tastete den Bauch ab und erhielt sofort einen heftigen Tritt. „Also, deinem kleinen Kämpfer da drinnen geht es gut.“

Carl kam mit einem Eimer Kohle zurück und feuerte den Ofen neu an. Er war weiß wie die Wand. Hauptsache, er fiel Rosa vor Aufregung und Sorge um Lisbeth nicht gleich um. Es musste so rasch es ging fachliche Hilfe her. Sie wandte sich an Carl, der in der Glut stocherte: „Pass auf! Du nimmst jetzt mein Fahrrad und fährst so schnell du kannst zu Hermine. Die Handtücher besorge ich.“ Sie sah sich suchend um, bis sie etwas zu schreiben gefunden hatte, und kritzelte Hermines Adresse und ein paar Sätze auf einen Zettel. „Und sie soll auch eine Hebamme mitbringen. Ich kümmere mich derweil um Lisbeth.“

Carl druckste herum. „Ich kann …“

„Was kannst du?“ Rosa wurde nun lauter.

„Ich kann nicht Fahrrad fahren.“

„Junge di!“, rutschte es Rosa heraus. „Düvel, Satan, Blixen. Da heb de Keerl een Schnut för twee und dann kann er nicht mal Rad fahren!“ Lisbeth hielt sich den Bauch, sie hatte wieder eine leichte Wehe. Rosa setzte sich zu ihr und versuchte, zu erfühlen, wie kräftig die Kontraktion war. „Bleib ganz ruhig. Wir holen Hermine. Irgendwie.“

Rosa sah fragend zu Carl, der heftig schluckte. „Ich mache mich auf den Weg. Zwar kann ich kein Rad fahren, aber ich kann verdammt schnell laufen!“

„Jo, denn man to!“

# 23

Carl rannte die Straßen entlang und versuchte, seinen Atem einigermaßen zu kontrollieren. Sein Herz raste und es kam ihm vor, als habe jemand sein Gehirn durch Watte ersetzt. Da vorne musste er rechts um die Ecke. Es war nicht mehr weit, aber mit dem Fahrrad wäre er schon längst dort gewesen – Rosa hatte ganz recht, statt sich über sie lustig zu machen, hätte er lieber selbst das Fahrradfahren lernen sollen. Da. In einem Stockwerk brannte noch Licht. Hoffentlich war das die Ärztin! Carl fand das Messingschild mit der Gravur *Edenhuizen* und drückte mehrmals kräftig auf den Klingelknopf daneben. Kurz darauf öffnete sich die Haustür und eine energisch aussehende Frau stand vor ihm. „Nun machen Sie doch nicht so einen Höllenlärm!" Sie runzelte die Stirn.

„Carl Wingert", stellte Carl sich zwischen zwei hastigen Atemzügen vor und reichte Dr. Edenhuizen Rosas Zettel. „Ich komme von Fräulein van der Bloom."

Frau Dr. Edenhuizen warf einen Blick auf Rosas Notizen, nickte und sagte: „Ich verstehe. Dann laufen Sie mal schnell wieder zurück, ich gebe noch der Hebamme Bescheid und hole Sie dann ein. Ja, schauen Sie nicht so überrascht. Ich habe ein Fahrrad und Sie, wie ich sehe, nicht!"

*

Tatsächlich kam die Ärztin an der Concordia an, als Carl gerade die Haustür aufschloss. Sie lehnte ihr Rad gegen den Zaun des Vorgartens und eilte mit einer großen Tasche in der Hand zu ihm.

„Wohin?“, fragte sie.

„Erster Stock, links“, keuchte Carl.

Ohne ihren Mantel auszuziehen, eilte Dr. Edenhuizen die Treppe hinauf. „Die Hebamme kommt auch gleich, bleiben Sie am besten an der Haustür.“

Von oben erklang kurz das Öffnen und Schließen einer Tür, sonst war das Haus völlig ruhig. Carl setzte sich auf die Treppenstufen und kam langsam wieder zu Atem. Hoffentlich war alles gut, vielleicht war es ja doch bloß falscher Alarm? Lisbeth schien vorhin keine Schmerzen gehabt zu haben, und auch wenn Carl sich nicht groß mit dem Thema Geburtshilfe beschäftigt hatte, wusste er in der Theorie, was Wehen waren. Schrien die Frauen dabei nicht vor Schmerzen?

Es klopfte kräftig an der Haustür. Carl sprang auf und öffnete einer kleinen, rundlichen Frau, deren Augen über ihren Apfelbäckchen fröhlich blitzten. „Ah, der werdende Vater!“

„Onkel“, stellte Carl richtig und wies die Treppe hinauf. „Erster Stock, links.“

Die Hebamme verschwand ebenfalls nach oben und Carl blieb allein. Er setzte sich erneut auf die Treppe, stützte den Kopf in die Hände und wartete auf Lisbeths Schreie. Das Klacken der Tür riss ihn aus seinen Gedanken. Ein leises Stöhnen war zu hören, dann wurde die Tür wieder geschlossen und Schritte näherten sich.

Carl sprang auf und drehte sich um. „Ist alles gut?“

Rosa lächelte ihm beruhigend zu. „Es geht alles seinen Gang. Mach dir keine Sorgen.“

„Aber …“

„Du kannst gerne zu Bett gehen oder dich gemütlich irgendwo hinsetzen."

Carl schüttelte den Kopf. Was stellte sich diese Frau vor? Als ob er jetzt Ruhe finden könnte! Rosa legte ihre Hand auf seinen Arm. „Ihr habt doch sicher einen Schnaps im Haus? Oder soll ich meinen Genever holen?"

Carl schüttelte den Kopf und ging in die Küche. Rosa folgte ihm. „Ist Lisbeth …" Er räusperte sich und goss sich gehorsam einen Schnaps ein.

„Du musst dir wirklich keine Sorgen machen. Deine Schwester macht das ganz wunderbar und sie hat den besten Beistand."

Carl nickte. „Ich weiß", sagte er.

Unter Rosas strengem Blick schüttete er den Schnaps in einem einzigen großen Schluck herunter und ließ sich dann auf einen Stuhl fallen. „Kannst du noch ein bisschen bei mir bleiben?", fragte er leise.

Rosa nahm auf dem Stuhl neben ihm Platz, lächelte und griff nach seinen Händen. So saßen sie ein Weilchen stumm zusammen.

„Warum schreit sie nicht?", fragte Carl dann. „Hat sie immer noch keine Wehen?"

„Oh, doch! Aber nicht alle Frauen schreien." Rosas Daumen streichelte seinen Handrücken. „Jede geht anders mit dem Wehenschmerz um. Am Ende musst du dich aber nicht erschrecken, da wird es meist doch lauter. Das ist normal."

„Rosa!", tönte es plötzlich durch das Haus.

„Ich komme!" Rosa sprang auf. Sie strich Carl flüchtig übers Haar und eilte dann aus der Küche.

Carl starrte die Schnapsflasche an. Nein, er wollte einen klaren Kopf behalten. Was konnte er tun, um seine Gedanken zur Ruhe zu bringen und sich abzulenken? Da kam nur eines infrage.

Er stand auf und ging die Treppen hinauf. Einen Moment lang lauschte er an der Tür, hinter der er jetzt lauteres Stöhnen, abgehackte Schreie und Frauenstimmen hörte, dann betrat er den kleinen Probenraum. Die Tür ließ er offen. Mozart. Lisbeth liebte Mozart. Er setzte sich, legte die Finger auf die Tasten des Klaviers und begann, zu spielen.

*

Wie lange er so gespielt hatte, wusste er nicht. Nachdem er sein Mozart-Repertoire erschöpft hatte, hatte er begonnen, Weihnachtslieder anzustimmen und über die Melodien zu improvisieren. Nun war er bei „Herbei, o ihr Gläubigen" angelangt, einem der Lieblingslieder seiner Schwester, da spürte er plötzlich jemanden hinter sich stehen. Mit einem Dreiklang beendete er sein Spiel.

„Wunderschön", hörte er Rosas warme Stimme.

Langsam drehte er sich um. „Ist …?"

„Lisbeth geht es gut und du hast eine kleine Nichte!", verkündete Rosa strahlend. „Noch ein bisschen Geduld, dann kannst du die beiden besuchen."

Bedächtig stand Carl auf. „Es ist alles in Ordnung? Es war doch viel zu früh."

„Die Kleine ist recht winzig, aber sehr kräftig. Hast du sie nicht gehört?"

Carl schüttelte den Kopf. „Ich habe nur das Klavier gehört."

Rosa nickte und lächelte. „Die Musik hat Lisbeth entspannt, es ging zum Schluss ganz schnell“, erzählte sie. „Als du ‚Vom Himmel hoch‘ gespielt hast, ist die Kleine geboren.“

Carl nickte andächtig. Ein Wunder, ein eigenes, wunderbares Weihnachtswunder für Lisbeth und ihr Kindlein – und für ihn selbst und Rosa und Dr. Edenhuizen und die Hebamme, deren Namen er nicht einmal wusste!

„Und schau, es hat angefangen zu schneien.“ Rosa deutete auf das Fenster, vor dem tatsächlich dicke Flocken tanzten.

„Oh, Rosa!“, hauchte er und zog sie in seine Arme. Fast rechnete er damit, dass sie sich wehren würde, doch stattdessen erwiderte sie die Umarmung.

„Danke!“, flüsterte er.

Rosa lachte leise. „Ich habe nicht viel dazu getan“, sagte sie.

„Ich weiß nicht, was ohne dich gewesen wäre“, murmelte Carl und zog sie noch näher an sich. Seine Lippen berührten sanft ihren Haaransatz. Sie hielt ganz still. Mutig ließ er seinen Mund wandern und hauchte ihr einen Kuss auf die Wange. Immer noch bewegte Rosa sich nicht, sondern sah ihn mit ihren klaren blauen Augen einfach nur an.

24

„Schaut nur, hier ist die kleine Traute!“, sagte Hermine, die in der Tür stand. Sie hielt das Neugeborene im Arm. Carl ließ Rosa los und stürzte augenblicklich dorthin. Er konnte sich an den winzigen Fingern kaum sattsehen. „Welch ein Wunder!“, flüsterte er wieder und wieder.

„Ja, das ist es!“ Rosa trat lächelnd hinzu. Zwar hatte Hermine eben die romantische Stimmung zerstört, aber das war es wert.

„Es ist wirklich alles in Ordnung?“, fragte Carl.

„Aber ja!“ Die Hebamme war hinter ihn getreten und strich Traute mit dem Zeigefinger über die Wange. „Ich bin froh, dass es so rasch ging, denn es hat sich eine weitere Geburt für diese Nacht angekündigt“, sagte sie. „Lauter kleine Christkinder hier in Bonn!“ Sie schlüpfte in den Mantel und Carl begleitete sie zum Treppenhaus. „Noch einmal herzlichen Dank“, hörte Rosa, die ihren Blick nicht von dem Neugeborenen lassen konnte.

„Ich bringe die Kleine jetzt zurück zu ihrer Mama“, sagte Hermine. „Danach untersuche ich die beiden ein letztes Mal und mache mich anschließend auf den Weg nach Hause. Morgen schaue ich dann wieder nach Mutter und Kind.“ Sie sah aus dem Fenster. „Es schneit zwar, aber noch komme ich gut mit dem Fahrrad durch.“

Carl war aus dem Treppenhaus zurück und sah Rosa verlegen an. „Du siehst müde aus!“

„Gut beobachtet. Ich kann mich wirklich kaum noch auf den Beinen halten und werde jetzt auch gehen. Ich verabschiede mich nur noch rasch von Hermine und Lisbeth.“ Rosa griff nach Mantel und Schal.

„Warte!"

Sie sah ihn fragend an. „Ist noch etwas?" Die romantische Stimmung von vorhin war verflogen, auch wenn seine Augen sie noch immer warm anstrahlten.

„Wo feierst du morgen, ach nein, heute den Heiligen Abend?"

„Ich gehe zu Hermine. Sie hat mich eingeladen." Rosa sah sich um. „Du willst hier mit Lisbeth feiern, sehe ich das richtig?"

Carl kratzte sich am Kopf. „Ja, ich möchte ihr ein wunderschönes Fest bieten. Mit allem, was dazugehört."

Rosa lächelte. „Carl, du hast noch nicht einmal einen Baum!"

Er senkte verlegen den Blick. „Weiß ich, den wollte ich eigentlich heute holen, aber ich habe das total vergessen. Es war so viel anderes los." Dann sah er Rosa an und lächelte so verschmitzt, dass es ihr durch Mark und Bein ging. „Aber für den fehlenden Baum habe ich eine Lösung."

„Mach es nicht so spannend! Was hast du vor?"

„Du besitzt doch einen Baum. Ich erinnere mich daran, dass ich vor einiger Zeit eine kleine Tanne auf der Straße entlangspazieren gesehen habe. Die hatte Beine und dahinter verbarg sich ein schlauer und überaus liebenswerter Kopf."

Rosa kicherte. „So hast du unser Zusammentreffen also gesehen? Ich war eine laufende Tanne, die sich später als dickköpfige ostfriesische Medizinstudentin entpuppt hat, die auch noch mit dem Rad fährt. Das trifft es wohl eher?"

„So kann man das auch sehen." Carl stupste Rosa ein wenig und nahm ihre Hand.

Sie entzog sie ihm nicht, sondern sah ihn mit schräg gelegtem Kopf an. „Und nun soll ich dir meine geschmückte Tanne überlassen und dir so aus der Klemme helfen, weil ich ohnehin bei Hermine feiere?“

„Fast.“

„Ich verstehe nicht recht. Warum hast du danach gefragt, wo ich den Heiligen Abend verbringe?“

Jetzt lachte Carl auf. „Rate mal!“

Rosa gähnte. „Carl, ich bin wirklich zu müde zum Rätsellösen. Bitte, was möchtest du mir sagen?“

„Ich wünsche mir, dass du und Hermine mit mir und Lisbeth feiert. Wäre es nicht schön, wenn wir morgen nach dem Weihnachtsgottesdienst zusammen in die Concordia gingen und gemeinsam den Heiligen Abend verbrächten?“

„Bei dir? Mit *meinem* Tannenbaum?“

„Ja, ich weiß, dass du ihn wundervoll mit Strohsternen verziert hast, und ich kann mir nichts Schöneres vorstellen, als genau vor jenem Baum mit genau der Frau, die ihn so geschmückt hat, den Weihnachtsabend zu erleben.“

Rosas Wangen glühten. „Oh, Carl, was für eine wunderbare Idee. Ich frage Hermine gleich sofort.“ Carl küsste Rosa auf die Wange. „Das wird das schönste Fest meines Lebens!“

*

Weihnachten! Die Kirchenglocken läuteten das Fest ein und weckten Rosa, die nach der aufregenden Nacht wie ein Stein geschlafen hatte. Sie sprang aus dem Bett und sah, dass es schon fast zehn Uhr war. Nun musste sie sich sputen, es gab für heute Abend doch noch so viel zu erledigen. Hermine hatte sich über die Einladung gefreut und sie hatten beschlossen, einfach den

Braten, den sie beide für den Heiligen Abend vorgesehen hatten, zu Carl und Lisbeth mitzubringen und dort zuzubereiten. Carl wollte um elf Uhr den Tannenbaum abholen und um fünf Uhr sollte dann der Weihnachtsgottesdienst beginnen.

Rosa sah aus dem Fenster. Es hatte in der Nacht weitergeschneit und ganz Bonn lag unter einer Schneedecke vergraben. Die Bäume trugen weiße Mützen und die Dächer sahen aus, als wären sie mit einer dicken Zuckergussschicht überzogen worden. Gleich würde sich die Sonne hinter den Wolken hervorkämpfen und die Stadt in ein Glitzermeer verwandeln. Noch nie hatte Rosa eine solche Anhäufung von Wundern und Glück erlebt. Die kleine Traute, weiße Weihnacht und … Carl.

Er hatte sie im Arm gehalten und er hatte sie nicht nur für ihre Hilfe bei der Geburt gelobt. Was Rosa am meisten in Erinnerung geblieben war, waren seine anderen Worte: „Ich bewundere dich für das, was du schaffst als Frau. Das kann wirklich nicht jede.“ Er würde sie also so bald nicht mehr wegen ihres Studiums foppen und schon gar nicht deshalb, weil sie Fahrrad fuhr. Er wusste sie zu schätzen. Es war, als wären all seine Vorurteile vom Winter verweht worden. Rosa hoffte so sehr, dass nun nichts mehr zwischen ihnen stand. Na, bis auf die Tatsache, dass Carl nicht Rad fahren konnte, aber das würde er lernen – mit ihr als Lehrmeisterin. Rosa schmunzelte. Sie machte sich rasch zurecht, schließlich wollte sie Carl nicht im Nachthemd empfangen.

*

Carl kam pünktlich um elf, aber er sah vollkommen übernächtigt aus. „Die Kleine hat sich noch mehrfach in der Nacht gemeldet“, sagte er. „Aber Mutter und Kind geht es gut. Ich habe meinem Schwager eben telegrafiert. Er weiß ja noch gar nicht, dass er Vater geworden ist.“ Carl sah sich um. „Da steht ja das Bäumchen!“

„Fräulein van der Bloom! Schon wieder Herrenbesuch! Und meinen Sie, ich hätte Ihr nächtliches Verschwinden gestern nicht bemerkt?“, gellte unvermittelt die Stimme ihrer Vermieterin durchs Treppenhaus.

„Die ist wie eine Eule“, flüsterte Rosa. „Sie fliegt lautlos heran und sieht alles!“ In den Flur gewandt aber rief sie: „Keine Sorge, Frau Schumann! Herr Wingert holt nur den Tannenbaum ab und wir haben die Tür extra offen gelassen. Schließlich wissen wir, was sich gehört!“

Carl grinste. „Oder auch nicht!“

„Und gestern Nacht? Sie waren in der Concordia! Mir entgeht nichts!“

„Oje, das hat sie auch gesehen!“, raunte Rosa. „Ich sag doch, sie ist eine alte Eule!“ Dann rief sie wieder in den Flur: „Sie wissen doch, Frau Schumann, dass ich Medizin studiere. Ich habe gestern mit einer Ärztin und einer Hebamme das Kind von Herrn Wingerts Schwester auf die Welt geholt. Es hat alles seine Ordnung! Schöne Weihnachten wünsche ich Ihnen!“

Unten knallte die Tür.

„Die ist zu!“ Carl griff nach dem Bäumchen. „Bis heute Abend!“

Rosa lächelte. „Wir sehen uns in der Kirche. Ich freue mich sehr auf unser Konzert. Hermine wird mich begleiten.“

„Ich freue mich auch! Bis dahin!“

*

Die Glocken dröhnten laut, als Rosa zusammen mit dem Chor auf den Beginn des Gottesdienstes wartete. Die Bänke waren bis auf den letzten Platz besetzt. Carls Finger schienen heute nur so über die Tasten zu fliegen und er zog mit seiner Leichtigkeit den Chor und die ganze Gemeinde mit. Rosas Herz klopfte bis zum Hals, als sie nach vorn trat und sich mit einem Seitenblick zu Carl über den Einsatz verständigte. Während ihrer beiden Lieder war Rosa eins mit sich und mit der Musik, glaubte fast, sie könne fliegen.

„Du hast so wunderschön gesungen!", sagte Carl, als sie anschließend gemeinsam die Kirche verließen. Er bot ihr seinen Arm an, Hermine stapfte durch den tiefen Schnee nebenher. So gelangten sie einträchtig zur Concordia. Es war angenehm warm im Salon, wo sie das Fest feiern wollten. Der Ofen war gut eingeheizt, die Kerzen in den Walnussschalen brannten und es duftete im ganzen Haus nach Braten. Für Lisbeth hatten sie einen bequemen Sessel hergerichtet, für Traute stand eine Wiege bereit, die Carl irgendwo aufgetrieben hatte.

„Wat moi!", entfuhr es Rosa. „Das duftet!" Sie drückte Lisbeth.

„Frau Käthe hat uns dankenswerterweise die Küche überlassen und Hermine hat vor dem Kirchenbesuch den Braten in den Ofen geschoben. Und allein war ich nicht, weil Frau Käthe auf mich achtgegeben hat, als ihr fort wart." Lisbeth strahlte sie an. Carl half Rosa aus dem Mantel. Der Salon war wirklich wunderbar hergerichtet. Rosa wollte sich gerade an den eingedeckten Tisch setzen. „Ihr seht so geheimnisvoll aus", sagte sie, als sie die Gesichter ihrer Freunde betrachtete.

Hermine nahm sie in den Arm. „Ja, ich habe nämlich eine große Überraschung für dich!" Sie trat einen Schritt zur Seite und aus dem Dunkel des Flures traten Rosas Eltern. „Nein!“, entfuhr es Rosa und sie fiel ihnen stürmisch um den Hals! „Das gibt es doch gar nicht! Was für ein Weihnachtsfest!“

„Und das ist noch nicht alles“, sagte Carl, als Rosa sich wieder ein wenig beruhigt hatte und alle um den großen Tisch versammelt waren. „Denn jetzt kommt erst die Bescherung.“

Die Geschenke wurden verteilt und die Stimmung war mehr als festlich. Rosas Glastiere und das Räuchermännchen für die Eltern befanden sich zwar auf dem Weg nach Ostfriesland, aber das tat der Freude, dass sie sich alle wiedersahen, keinen Abbruch.

Als es Zeit wurde, das Essen zu servieren, folgte Carl Rosa in die Küche. Er räusperte sich und nestelte an seiner Hosentasche herum. „Ich habe hier etwas, das ich besorgt habe, als ich schon wusste, wem mein Herz gehört. Und ich musste gleich an dich denken, als ich diese hier in den Händen hielt.“ Er holte ein quadratisches Päckchen hervor, öffnete es und bot Rosa die Ohrringe mit den blauen Steinen dar. Dann kniete er vor ihr nieder.

„Möchtest du meine Frau werden, Rosa van der Bloom? Ich bin stolz darauf, dass du Medizin studierst, und das Fahrradfahren lerne ich auch noch – und natürlich darfst du dir einen Ring aussuchen, sobald die Geschäfte wieder geöffnet haben. Versprochen!“

Rosa sah ihm in die Augen, die sie ernst anblickten und ein wenig ängstlich auf ihre Antwort zu warten schienen. Ihr Herz machte einen Sprung. „Ja, Carl, natürlich werde ich deine Frau!“

Freudig sprang er auf und schloss sie in die Arme.

Und dann endlich fanden sich ihre Lippen.

ENDE